MRACE

D0834370

FRÁGIL BELLEZA

ANNIE WEST

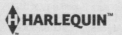

Editado por Harlequin Ibérica.
Una división de HarperCollins Ibérica, S.A.
Núñez de Balboa, 56
28001 Madrid

I.S.B.N.: 978-84-687-8505-9
Depósito legal: M-24684-2016
Impresión en CPI (Barcelona)
Fecha impresion para Argentina: 3.4.17
Distribuidor exclusivo para España: LOGISTA
Distribuidores para México: CODIPLYRSA y Despacho Flores
Distribuidores para Argentina: Interior, DGP, S.A. Alvarado 2118.
Cap. Fed./Buenos Aires y Gran Buenos Aires, VACCARO HNOS.

Prólogo

RAFFAELE Petri se guardó la tarjeta de crédito y salió del restaurante que estaba a orillas del mar. Ignoró las miradas y le dio las gracias al camarero. El servicio había sido excelente, se había ganado la propina.

Él seguía acordándose de lo que era depender de la bondad de los extranjeros con dinero.

Se detuvo mientras sus ojos se acostumbraban a la luz del sol, que se reflejaba en el mar que golpeaba los yates blancos. El aire olía a sal y él respiró hondo y disfrutó de la sensación después de haber tenido que soportar el penetrante perfume de las mujeres que habían intentado llamar su atención desde la mesa de al lado.

La costa de Marmaris era todo un ostentoso despliegue de riqueza, el lugar adecuado para invertir, si sus investigaciones eran correctas, y siempre lo eran. Aquel viaje a Turquía sería productivo y...

Una risotada lo hizo detenerse. El sonido ronco, peculiar, le causó un escalofrío.

Se le aceleró la respiración. Volvió a oír la risa y miró hacia un yate muy grande. La luz del sol se reflejaba en el pelo castaño del hombre que había en la cubierta más alta, que gritaba a dos mujeres que caminaban por el paseo.

Raffaele sintió que se movía el suelo bajo sus pies. Apretó los puños y observó al hombre que levantaba una copa de champán y decía a las mujeres:

–Subid, el champán está frío.

Raffaele conocía aquella voz.

La reconocía a pesar de que habían pasado veintiún años.

El tono petulante y la risa ronca habían aparecido en sus pesadillas desde que tenía doce años.

Había perdido la esperanza de encontrarlo. No había sabido el nombre de aquel tipo baboso y malo que había desaparecido de Génova más rápido de lo que las ratas salían de un barco hundido. Nadie le había hecho caso al niño delgado de doce años que habían insistido en que un extranjero con el pelo castaño había asesinado a Gabriella.

Gabriella...

Se sintió furioso, tanto, que le sorprendió a sí mismo.

Llevaba toda la vida perfeccionando el arte de no sentir nada por nadie, de no confiar, desde lo de Gabriella, pero en esos momentos... Tuvo que hacer un enorme esfuerzo para seguir inmóvil, observando la escena.

Grabó en su mente el rostro del hombre, que se había vuelto rechoncho con la edad, el nombre del yate y el hecho de que sus empleados, que iban vestidos con pantalones cortos y camisas blancas, hablaban inglés como si fuese su idioma nativo. Uno de ellos se ofreció a ayudar a subir a las mujeres a bordo.

Raffaele se dijo que no eran mujeres todavía, sino más bien adolescentes. Las dos eran rubias y una de ellas iba maquillada para intentar aparentar diez años más. Raffa era un experto en maquillaje, y en mujeres.

Los gustos de aquel inglés no habían cambiado. Todavía le gustaban jóvenes y rubias.

Sintió náuseas y el deseo de subir al yate y hacer justicia por Gabriella. No tenía la menor duda de que era el mismo hombre.

Pero ya no era un niño impulsivo, dolido.

En esos momentos podía hacer mucho más que moler a puñetazos a un hombre.

Siguió andando y esbozó aquella sonrisa que tanto gustaba a la cámara y a millones de mujeres de todo el mundo, pero no apartó la mirada del hombre de mediana edad.

–Lucy... –dijo la chica más alta de las dos–. Rápido, mira. Se parece a... No puede ser, ¿o sí?

Las dos chicas lo miraron y dieron gritos de emoción.

Raffa estaba acostumbrado a las fans, pero en vez de limitarse a asentir y seguir andando, sonrió todavía más.

La chica más alta se dirigió a él mientras tiraba de su amiga, olvidándose del yate y de su dueño.

–Te pareces mucho a Raffaele Petri, supongo que te lo dirán a menudo –comentó casi sin aliento.

Raffa pensó que era muy joven, demasiado joven para subir al yate, incluso demasiado joven para él, aunque la diferencia era que con él habría estado a salvo.

–Es que soy Raffaele Petri.

Las dos chicas dejaron escapar un grito ahogado y la de menor estatura puso cara de que se iba a desmayar.

—¿Estás bien?

La chica asintió y su amiga sacó el teléfono.

—¿Puedo?

—Por supuesto —respondió él, que estaba acostumbrado a que le hiciesen fotografías—. Iba a tomarme un café, ¿os apetece acompañarme?

Las alejó de la orilla y las chicas se fueron tan contentas que ni siquiera oyeron al hombre que seguía gritándoles desde el yate. Aquella tarde se había quedado sin diversión.

«Y pronto se quedará sin todo lo demás», pensó Raffa, sonriendo de verdad.

Capítulo 1

DEJA de burlarte de mí, Pete –dijo Lily, hablando por teléfono–. Ha sido un día muy largo. Tú te acabas de levantar en Nueva York, pero en Australia ya es hora de irse a la cama.

Miró hacia la ventana y vio el reflejo de su despacho en el cristal. Su casa estaba demasiado lejos de la ciudad para ver las luces y las estrellas no aparecerían hasta que no apagase la lámpara. Se frotó el cuello, que tenía muy tenso. Había sido muy duro entregar el proyecto a tiempo y cumpliendo sus propias exigencias.

–Hablo en serio –respondió Pete, que parecía emocionado–. El jefe te quiere aquí.

Lily se puso recta en el sillón, se le aceleró el corazón.

–¿De verdad?

–Sí. Y el jefe siempre consigue lo que quiere, ya lo sabes.

–Sí, pero Raffaele Petri no es mi jefe.

Hasta pronunciar su nombre le resultaba extraño. ¿Qué tenía ella, Lily Nolan, que vivía en una vieja granja a una hora de Sídney, en común con Raffaele Petri?

–Ni siquiera sabe que existo –añadió.

–Por supuesto que sabe que existes. ¿Por qué piensas que te mandamos tanto trabajo? Se quedó impresionado con tu informe sobre la operación de Tahití y a partir de entonces pidió que los hicieses tú todos.

Aquello la sorprendió. Lily jamás había imaginado que el propio Petri leyese sus informes.

—Eso es fantástico, Pete, no sabes lo mucho que me gusta oírlo.

A pesar de su reciente éxito, la cuantía del crédito que había pedido para comprar aquella casa y ampliar su negocio todavía le quitaba el sueño por las noches, pero después de años sintiéndose como una extraña en todas partes, había decidido establecerse en un lugar y se sentía orgullosa de ello. Aunque hubiese tenido que irse a vivir a otro continente. Había necesitado hacer aquello para enderezar su vida.

Se relajó, si el señor Petri en persona había hablado de su trabajo...

—Estupendo, te mando ahora mismo el contrato. Va a ser estupendo poder ponerte rostro por fin.

—Espera un momento —dijo Lily, poniéndose en pie—. Solo quería decir que me alegro de que se valore lo que hago, nada más.

—¿No quieres aceptar la oferta del jefe de trabajar aquí? —preguntó Pete sorprendido.

—No.

La idea de vivir en una gran ciudad, rodeada de gente, le ponía la piel de gallina.

—No me puedo creer que no quieras trabajar para Raffaele Petri.

Lily se pasó los dedos por el pelo largo, lo apartó de su rostro.

—Ya trabajo para él, pero soy mi propia jefa. ¿Por qué iba a querer cambiar eso?

La independencia y la posibilidad de controlar su vida lo eran todo para Lily. Tal vez porque su mundo había cambiado de manera irrevocable a causa de un acontecimiento que la había despojado de tanto.

Un momento de silencio le hizo saber lo extraña que parecía su actitud.

–Veamos. Para empezar, porque si trabajas para él, después podrás conseguir cualquier otro trabajo. Y además está el sueldo. Lee el contrato antes de rechazarlo, Lily. Es posible que no vuelvas a tener otra oportunidad como esta.

–Gracias por el interés, Pete, te lo agradezco mucho, pero no va a ser posible –repitió Lily, volviendo a pasarse la mano por el pelo.

Por un instante, se preguntó qué oportunidades habría podido aprovechar si su vida hubiese sido diferente. Si ella hubiese sido diferente.

Bajó la mano, asqueada consigo misma. No podía cambiar el pasado. Todo lo que quería, todo a lo que aspiraba estaba al alcance de su mano. Solo tenía que centrarse en sus metas. Éxito, seguridad, autonomía. Eso era lo que quería.

–Al menos, piénsalo, Lily.

–Lo he hecho, Pete, pero la respuesta es no. Soy feliz aquí.

Al principio pensó que era el coro de pájaros que la despertaban al amanecer, pero se dio cuenta de que el sonido era demasiado monótono y persistente. Abrió los ojos y vio que todavía era de noche.

–¿Dígame? –preguntó, sentándose en la cama.

–¿Lily Nolan?

El pulso se le aceleró al oír la voz de hombre con acento extranjero.

Miró el reloj que tenía en la mesita y se dio cuenta de que todavía no era medianoche. Solo llevaba media hora durmiendo.

—¿Quién es?

—Raffaele Petri.

Como estaba medio dormida, la voz le resultó muy seductora. Lily frunció el ceño y se cerró el cuello del pijama. A ella las voces masculinas nunca la afectaban así, aunque tenía que reconocer que había pocas voces como aquella.

—¿Sigue ahí?

—Por supuesto, es que me acabo de despertar.

—*Mi dispiace*.

Lo siento. Su voz no decía lo mismo, su voz...

Lily sacudió la cabeza. Si era Raffaele Petri, la llamaba por trabajo, así que no podía distraerse con cómo sonaba su voz.

—*Signor* Petri —le dijo—. ¿Qué puedo hacer por usted?

—Firmar el contrato y venir aquí *subito*.

Lily se controló para no responder, al único lugar al que iba a ir *subito* era a dormir otra vez.

—Eso es imposible.

—Tonterías. Es la única decisión sensata.

Lily respiró hondo e intentó calmarse. Estaba hablando con su cliente más importante.

—¿Me ha oído?

—Sí.

—Bien, cuando haya organizado el vuelo, dele los detalles a mi asistente. Él le enviará a alguien al aeropuerto.

Así debían de haber hablado los príncipes en el Renacimiento italiano, como si hiciesen la ley con sus palabras. Se imaginó cómo sería tener tanta seguridad en sí misma.

—Gracias, pero no voy a ponerme en contacto con Pete —le respondió, aclarándose la garganta—. Su oferta me halaga, *signor* Petri, pero prefiero seguir siendo mi propia jefa.

—¿Me está rechazando?

La suavidad de su voz le erizó el vello de la nuca.

Se preguntó si sería la primera en negarle algo a Raffaele Petri y supo que se estaba adentrando en terreno pantanoso.

Estaba considerado como el hombre más guapo del mundo, con su cabello rubio y su rostro perfecto, y había hecho de su estilo informal, pero cuidado, un estilo que hombres de todo el mundo ansiaban copiar. No era de sorprender que todas las mujeres que hubiese conocido en su vida le hubiesen dicho que sí.

Pero no solo era guapo. Había dejado de modelar para demostrar que también podía tener éxito en los negocios. Era rico y poderoso, y estaba acostumbrado a salirse siempre con la suya.

—Me siento muy halagada...

—¿Pero?

—Por desgracia, no puedo aceptar.

Se hizo el silencio. Lily se preguntó si habría quemado todos los puentes. Sintió miedo. Necesitaba el trabajo.

—¿Qué tendría que cambiar para que estuviese en posición de aceptar?

—¿Le importa que le pregunte yo por qué me

quiere a mí? Me habían dicho que estaba satisfecho con mi trabajo.

–Si no estuviese contento con su trabajo, no le estaría ofreciendo un puesto, señorita Nolan –replicó él–. Quiero que esté aquí y que forme parte de mi equipo porque es la mejor en lo que hace. Ni más ni menos.

Ella sintió calor, se sintió abrumada.

–Gracias, *signor* Petri. Se lo agradezco mucho. Y quiero que sepa que seguiré dándole el mejor servicio posible –añadió.

–No es suficiente.

–¿Perdone?

–Estoy empezando con un proyecto muy importante. Necesito tener a mi equipo a mano y dispuesto a respetar la mayor confidencialidad posible.

Lily se puso tensa.

–Espero que no esté insinuando que yo soy un riesgo para su seguridad. Todos los contratos que firmo tienen cláusula de confidencialidad y siempre salvaguardo mi trabajo y a mis clientes.

Nunca compartía detalles de su trabajo sin permiso.

Pero sabía que Raffaele Petri era como un tiburón a la hora de oler a sangre antes que sus competidores. Cada vez que Lily investigaba una empresa para él descubría vulnerabilidades y problemas. Era la magia que tenía aquel hombre, que convertía aquellos negocios en un éxito rotundo en la industria del ocio, ya fuese un lujoso complejo turístico en Tahití o un puerto deportivo en Turquía.

–Si dudase de su capacidad para guardar secretos, no la contrataría.

Lily dejó escapar el aire que había contenido en los pulmones.

—Pero no puedo correr ningún riesgo —continuó él—. Este tiene que ser el mejor equipo. Y tiene que estar en Nueva York. La necesito aquí.

Lily se sintió orgullosa. Era la primera vez que alguien la necesitaba. Nunca había destacado, ni por su aspecto, ni por las notas, ni en el deporte, siempre había sido mediocre, siempre había estado en la sombra hasta que...

Sacudió la cabeza, le fastidiaba volver a sentir aquella necesidad. Era algo que le había quedado de sus años de adolescencia, cuando había sentido que nadie la quería, que era una carga para su familia, y una preocupación. Y una vergüenza para sus amigos, un recuerdo constante de un desastre que preferían olvidar. Había odiado sentir que la incluían por obligación, no porque quisieran tenerla cerca.

Las palabras de Raffaele le hicieron desear aceptar, decirle que estaría en Nueva York al día siguiente.

Se imaginó explorando la Gran Manzana, se imaginó...

Tragó saliva. No era posible. No podía enfrentarse a las miradas de todas esas personas desconocidas, que la mirarían con fascinación o girarían la cabeza bruscamente. No quería volver a pasar por aquello.

—Estoy acostumbrada a trabajar con su personal a distancia. Estoy segura...

—Este proyecto no va a funcionar así, señorita Nolan —insistió él—. No voy a tolerar ningún fracaso.

Lily abrió la boca para decir que si aquel proyecto fracasaba, no sería por su culpa.

—¿Sí, señorita Nolan? ¿Qué decía?

—Siento no poder complacerlo en esta ocasión, *signor* Petri.

—Doblaré su salario. Y la bonificación de final de proyecto.

Aquello la sorprendió. La curiosidad la había llevado a leer el contrato y el sueldo ya la había impactado. Era más de lo que había ganado en los dos últimos años. Conseguir el salario de cuatro años enteros de golpe la tentó. Aquello solucionaría sus preocupaciones financieras...

—¿He conseguido que cambie de opinión, señorita Nolan?

Una parte de ella quería vivir la aventura, viajar, emocionarse, pero había tenido que apartar todos aquellos sueños cuando su vida había dado un vuelco con catorce años. Le habían quitado a su mejor amiga, la juventud, una vida «normal». Se había perdido muchas cosas que otras personas daban por hechas, como coquetear con chicos y salir con ellos.

Sacudió la cabeza y maldijo a aquel hombre por despertar en ella anhelos que llevaban años enterrados.

Le encantaba su casa y estaba orgullosa de haber podido comprarla, pero, además, necesitaba la seguridad y la paz que esta le aportaba.

—No, *signor* Petri, no he aceptado, solo me he sorprendido con su propuesta.

—Interesante, señorita Nolan. Cualquier otra persona habría aceptado esta oportunidad. ¿Por qué usted no? ¿Por su familia? ¿Tiene marido e hijos?

—¡No! No... —se interrumpió, no quería compartir nada de su vida privada con aquel hombre.

—¿No tiene familia? Ya decía yo que me parecía demasiado joven para tenerla.

Lily arqueó las cejas. Tenía veintiocho años, no era tan joven. Se preguntó si Raffaele Petri estaría intentando jugar con ella.

–Supongo que la edad se vuelve importante cuando uno llega... a la madurez.

Al otro lado de la línea resoplaron con impaciencia, ¿o fue tal vez una risa apagada?

Lily no estaba segura. Supo que no tenía que haber hecho referencia a la edad de Raffaele, que tenía cinco años más que ella, pero Lily se negaba a dejarse pinchar.

–Por suerte, todavía no estoy en la tercera edad, señorita Nolan.

«Ni mucho menos», pensó ella, que veía con frecuencia fotos suyas en elegantes actos, siempre rodeado de mujeres sofisticadas, pero nunca la misma.

–Entonces, si no es la familia lo que la ata, supongo que será un amante –añadió con voz sensual.

–Mi vida privada no es asunto suyo, *signor* Petri.

–Sí que lo es si se interpone entre lo que quiero y yo.

–En ese caso, ya es hora de que se dé cuenta de que uno no siempre consigue lo que quiere –le dijo–. Yo decido cuándo y a quién le presto mis servicios.

Lily se pasó la mano por el rostro, dándose cuenta de que aquello iba de mal en peor. Estaba enfadada y nerviosa y necesitaba tranquilizarse, por mucho que la provocasen.

–Supongo que no le hablará a todos sus clientes con voz tan sensual –respondió él en tono meloso–. Podrían hacerse una idea equivocada de los servicios que presta.

A Lily casi se le cayó el teléfono de la mano.

Era la primera vez que un hombre le decía que era sensual.

«Está jugando contigo, buscando tus puntos débiles», se dijo. Eso la tranquilizó.

–Hay motivos por los que no puedo ir a Nueva York a trabajar, *signor* Petri, pero...

–Deme tres.

–¿Perdone?

–Quiero saber por qué está rechazando mi oferta. Deme tres razones.

–Para empezar, no tengo pasaporte –respondió Lily sin pensarlo.

–Ya tenemos uno. ¿Qué más?

–No puedo permitirme el lujo de alquilar un apartamento en Nueva York.

–¿Ni siquiera con la bonificación que le ofrezco?

–Tengo otros compromisos aquí y todo el dinero que gano es para saldarlos.

–¿Y el tercer motivo?

¿Que no podía soportar la idea de trabajar en un despacho con más gente? ¿Que no podía pasar por todo aquello otra vez?

¿Que prefería la soledad? Tenía una buena vida y un buen plan de negocio y ningún magnate mandón se los iba a estropear.

–No responde, señorita Nolan, lo que me hace pensar que es el motivo más importante. O que no tiene ninguno.

Ella hizo un esfuerzo por no responder.

–¿Es un amante lo que la retiene?

–No tiene ningún derecho a interrogarme así.

–Tengo derecho porque se está interponiendo en mi proyecto más importante.

A pesar de la arrogancia de aquel hombre, Lily no pudo evitar sentir curiosidad.

Iba a contestarle que no otra vez, cuando habló él.

—¿Quiere mi consejo? Déjelo y búsquese otro que no le estropee una oportunidad tan maravillosa. Tiene mucho talento, no permita que nadie la frene.

—No sabía que fuese un experto en relaciones sentimentales, *signor* Petri. Tenía entendido que las novias le duraban muy poco.

Lily dio un grito ahogado al darse cuenta de que había dicho lo que pensaba, pero se dijo que el comportamiento de Raffaele, toda su actitud, era ofensiva.

Él se echó a reír al otro lado de la línea.

Lily se puso tensa y sintió calor. Tragó saliva, avergonzada por su respuesta.

Aunque se dijo que era normal. Era una mujer joven y sana, con las mismas necesidades que las demás. A sus hormonas no les importaba que aquel hombre no fuese un santo, solo sentían que llevaban demasiado tiempo privadas de cualquier tipo de satisfacción.

—¡No se ría de mí!

—Tal vez me esté riendo de mí mismo —le dijo él—. Estoy en una edad decrépita, no tengo estabilidad emocional, ¿qué más? ¿Me ha estado investigando, señorita Nolan?

—No, *signor* Petri. Bueno, he investigado su negocio, sí, antes de acceder a trabajar para usted, pero con respecto a su perfil personal... No ha sido necesario.

—Los paparazzi ya hacen muy bien su trabajo, ¿no?

Lily frunció el ceño y se preguntó si habría metido el dedo en la llaga.

–Lo del pasaporte se puede arreglar, lo mismo que el alojamiento. Y cambiaré el contrato para aumentar el salario y la bonificación –le explicó–. ¿Le parece suficiente?

–Le agradezco mucho la oferta, es muy atractiva, pero no puedo aceptarla. Haré todo lo que pueda desde aquí...

–No puede ser.

Se hizo un silencio de diez segundos. Luego veinte, pero Lily se negó a retroceder. Lo que le pedía era imposible y era demasiado orgullosa para explicarle el motivo.

–No me deja otra opción, señorita Nolan. Encontraremos a otra persona.

Lily se apoyó en la almohada, temblorosa, tensa.

–Y mi empresa no volverá a contratarla.

Ella se quedó helada. Los ojos se le llenaron de lágrimas.

Sin aquel trabajo, su negocio se iría a pique. Y si no podía pagar el préstamo lo perdería todo, el trabajo y la casa. Y la vida que tanto le había costado construir.

–¿Ha dicho algo, señorita Nolan?

Lily tragó saliva, pero no fue capaz de responder.

–Y pronto correrá la voz de que no estoy satisfecho con sus servicios. No sabe la rapidez con la que corren las noticias, de Melbourne a Mumbai, de Londres a Los Ángeles.

Hubo otra pausa letal, suficiente para que Lily pudiese procesar toda la información.

–¿Se va a molestar en manchar mi nombre? –preguntó en un hilo de voz, todo su cuerpo estaba temblando.

–La mencionaré cuando lo estime oportuno –le dijo él.

Y Lily sintió odio. Un odio que solo había sentido en otra ocasión, por el tipo que le había cambiado la vida en un instante, que la había hecho tomar todos aquellos medicamentos. Se pasó la mano por el rostro.

Tragó saliva y se apartó el pelo de la cara. Levantó la barbilla.

Lo que no sabía Raffaele Petri era que ella era una mujer luchadora, que había sobrevivido a cosas mucho peores que aquella.

–Aunque si cambia de opinión... –añadió él.

Lily se sintió furiosa. Raffaele sabía que no tenía elección.

–Es usted muy predecible, *signor* Petri –le contestó–. Me está haciendo un chantaje que es de libro.

Él no respondió y eso la enfadó todavía más.

–Está bien, trabajaré para usted, pero tendrá que triplicar el sueldo original. Y lo mismo con la bonificación. Quiero el contrato en mi bandeja de correo mañana y, si me parece bien, lo firmaré.

Para su sorpresa, él no le dijo que no.

–Nos veremos en Nueva York, señorita Nolan.

Lily supo que, aunque trabajase para él, Raffaele Petri no formaría parte del equipo de trabajo. Estaría tomando el sol en las Bahamas o esquiando en Suiza, o haciendo lo que hiciesen los ricos cuando no estaban dedicándose a acosar a la gente normal. No sabía cómo iba a hacerlo, pero Lily lidiaría con el viaje y con todas aquellas personas. Haría su trabajo, se llevaría su dinero y volvería a construir su futuro, tal y como había planeado.

Sobreviviría a aquello.

—Adiós, *signor* Petri.

—Adiós, no. *Arrivederci*, señorita Nolan.

Capítulo 2

RAFFA llegó a su despacho después de una reunión y desayunar.

Al otro lado de la amplia habitación había una figura desconocida: pelo largo, blusa y pantalones amplios y zapatos planos. La ropa no era nada femenina, pero el cuerpo que había debajo, sí. La feminidad estaba en sus movimientos a pesar de que tenía los hombros y la espalda muy rígidos.

Tenía que ser Lily Nolan. A su despacho solo entraba su equipo.

Aquella noche en la que habían hablado por teléfono también había estado muy tensa. Tensa y enfadada, pero su voz suave había tenido en él un efecto que no había sentido en muchos años.

Frunció el ceño al recordarlo.

Pasó la vista por su pelo, bajó por la espalda y llegó a la cintura. No tenía el pelo rubio ni moreno, sino simplemente castaño. De un castaño tan ordinario y vulgar que no llamaba nada la atención.

Entró en la zona privada del despacho y se sentó, después hizo un gesto a su asistente para que lo imitase. A través de las paredes de cristal vio a Lily Nolan hablando con alguien que había junto a la puerta de la sala de conferencias. Su lenguaje corporal indicaba estrés.

¿Se habría equivocado al llevarla allí? Había querido tenerla en el equipo por su talento y profesionalidad, había sabido que aquella mujer intentaría hacer todo lo posible por complacerlo.

Pero aquella noche, por teléfono, su obstinación y su atrevimiento a la hora de hablarle le habían despertado la curiosidad. Y había aceptado sus condiciones porque, con cada negativa, Raffa se había empeñado más en ganar.

Desde entonces, le había molestado saber que lo había hecho por capricho. Siempre se salía con la suya, pero nunca era impulsivo.

–¿Qué tal el nuevo miembro del equipo? ¿Algún problema?

–No, ninguno.

¿Se había ruborizado Pete? Raffa arqueó las cejas. Aquella mujer llevaba allí menos de un día, no era posible que hubiese seducido a su asistente ya.

–Ha empezado trabajando duro. Supongo que estará con el jet lag, pero ya ha conocido al resto del equipo –dijo Pete, mirando hacia la sala de reuniones.

Raffa se dio cuenta de que no era adoración lo que había en el rostro de su asistente, sino otra cosa que no supo descifrar.

–No obstante, te incomoda.

Pete se ruborizó. ¿Era vergüenza, deseo?

–Por supuesto que no –balbució su asistente rápidamente–. Es muy profesional.

–¿Pero?

Pete se encogió de hombros.

–Ya sabe cómo es cuando conoce a alguien solo por teléfono. Te haces una idea mental. Y la realidad puede ser... diferente.

Luego cambió de tema bruscamente.

–Con respecto al hotel de Hawái. Había mencionado hacer una inspección rápida para que tengan más cuidado.

Raffa estudió a su asistente, que estaba claramente incómodo.

Él había planeado dejar que la australiana rebelde trabajase tranquilamente, al fin y al cabo, le estaba pagando una suma exorbitante. Y lo haría, pero después de hablar con ella.

–Estamos trabajando en otros proyectos, pero si tienes alguna duda jurídica, cuenta conmigo –le dijo Consuela Flores sonriendo desde el otro lado de la enorme mesa.

Lily se dejó caer en su asiento y esbozó una sonrisa.

De todo el grupo con el que iba a trabajar, la abogada de mediana edad había resultado ser la más fácil de tratar. Aunque al principio le había resultado una mujer severa, después la había tratado como a todos los demás.

Y a Lily le habían dado ganas de abrazarla por ello.

Aquella mañana había sido tan dura como se había temido. Le temblaban las manos y tenía el corazón acelerado.

–Gracias, te lo agradezco, pero por ahora no voy a necesitar nada, antes tengo mucho que investigar.

Consuela asintió.

–Me alegro de que seas tú la que lo haga. Tus informes sobre la operación turca hicieron nuestro trabajo mucho más sencillo. No hay nada como ir a una negociación bien preparado. Ahora que estamos aquí, podemos hablar en persona de cualquier cosa que surja.

Lily sonrió más, se sintió un poco más tranquila.

Saber que podía hacer aquel trabajo era lo que le había permitido cruzar el Pacífico, los Estados Unidos y entrar en aquel edificio cuando lo que quería era encerrarse en casa y no moverse de allí.

Podía hacer aquello aunque estuviese fuera de su zona de confort.

Y no solo iba a hacer el trabajo. Iba a hacerlo de manera brillante. Su trabajo lo era todo. Era lo único que podía controlar completamente.

Por eso la enfadaba haber sentido náuseas durante todo el día. Se dijo que la culpa era suya, por haberse alejado de todo durante tanto tiempo.

«La culpa la tienes tú, no ellos».

Lily acalló a la voz que la reprendía en su cabeza, no podía ponerse a dudar de sí misma.

—Yo también estoy deseando trabajar contigo, Consuela.

Miró a su alrededor y la mujer del departamento financiero, que llevaba unas gafas de aire retro, giró la cabeza, como si no hubiese estado observándola.

Más allá, el tipo de adquisiciones se ruborizó cuando Lily lo miró. Al igual que a Pete, el asistente de Raffaele Petri, le daba vergüenza mirarla. A su lado, el encargado de sistemas de gestión ni lo intentó.

Lily se mantuvo recta, decidida a no dejarse amedrentar.

Pero no pudo evitar las náuseas ni los nervios. Se contuvo para no llevarse la mano al rostro. Había tardado años en quitarse aquella manía y no iba a volver a empezar, por expuesta que se sintiese ante tantos extraños.

–Os agradezco que hayáis sacado tiempo para venir a conocerme en mi primer día. Estoy deseando trabajar con vosotros –mintió.

Luego, volvió a mirar a Consuela.

–Tengo una pregunta. ¿Quién es el jefe del equipo? Sin coordinación, vamos a tener problemas.

–Yo –respondió una voz masculina desde la puerta.

Y ella se ruborizó a pesar de que, durante media vida, se había acostumbrado a que la mirasen.

Giró la cabeza muy a su pesar.

Se alegró de estar sentada.

El rostro de Raffaele Petri era conocido en el mundo entero, pero las fotografías no le hacían justicia. Era alto, más alto de lo que Lily había esperado, dado su origen italiano. Tenía los hombros anchos, las caderas estrechas, las piernas largas, era la masculinidad personificada. Y la chaqueta sport y la camisa abierta enfatizaban todavía más aquel poder que emanaba. No necesitaba un traje para dejar clara su autoridad.

Sus facciones parecían casi demasiado perfectas para ser reales. Tenía algunas arrugas alrededor de los ojos, sí, pero que solo lo hacían todavía más atractivo. El pelo era rubio oscuro, bien cortado, pero algo despeinado, lo suficiente para que Lily desease enterrar los dedos en él. Y los ojos azules.

Lily tragó saliva, mirarlo a los ojos fue toda una experiencia, se sintió como si Raffaele le hubiese tomado la mano.

No solo era guapísimo, sino que desprendía energía, daba la sensación de ser un hombre que hacía que las cosas ocurriesen.

Él la estudió sin prisa, desde el pelo que le acariciaba las mejillas al rostro, la garganta y todo lo que era visible hasta la altura de la mesa.

Lily sintió que se despertaba en ella aquel viejo resentimiento que sentía cuando la miraban como a un animal enjaulado. No obstante, tuvo que admitir que ella había hecho lo mismo.

—Por fin nos conocemos, señorita Nolan.

Aquello lo explicaba todo.

A Raffa se le encogió el corazón y sintió un inesperado chute de adrenalina.

Sin saber por qué, sintió que algo lo unía a la mujer que había en la otra punta de la mesa. Era una tontería, aunque hubiese pensado en su sensual voz muchas veces durante las últimas semanas. Lo que sentía tenía que ser solo la satisfacción de haber averiguado el motivo de la incomodidad de su asistente.

El pelo largo de Lily Nolan enmarcaba un rostro que debía haber sido, como mucho, normal. Tenía los ojos marrones, unos labios ni finos ni gruesos y una nariz común y corriente. No era una belleza, pero podía haber sido guapa si no hubiese sido por la cicatriz que recorría su rostro desde la frente, bajando por una mejilla y hasta la barbilla.

Las cicatrices disminuían con el tiempo. ¿Desde cuándo tendría aquella? El color era tenue y era evidente que había pasado por una cirugía plástica. Antes de esta, tenía que haber sido horrible.

No parecía una herida de arma blanca. Raffa había visto muchas en su juventud y sabía que ningún cuchillo marcaba así.

¿Una quemadura? ¿U otro trauma?

–*Signor* Petri.

La voz de Lily Nolan revolvió algo inusual en él que lo distrajo un instante.

Rodeó la mesa con el brazo extendido.

Ella dudó antes de empujar la silla hacia atrás para levantarse. A Raffa volvió a sorprenderle que llevase aquella ropa, ¿se la habría puesto a propósito para dejar claro que no encajaba allí, que había ido obligada? Aunque a él no le importaba cómo se vistiesen sus empleados, siempre y cuando hiciesen su trabajo.

Su mano lo agarró. Era una mano suave, fría y pequeña.

Con los zapatos planos le llegaba justo al hombro y tuvo que inclinar la cabeza para mirarlo a los ojos. Al hacerlo, el pelo se le echó hacia atrás y Raffa vio mejor la cicatriz, aunque no fue eso lo que llamó su atención, sino el retador brillo de sus ojos.

–Supongo que ahora es cuando se supone que debo decir que es un placer conocerlo, *signor* Petri.

Un grito ahogado procedente del otro lado de la habitación le recordó a Raffa que el resto del equipo también estaba allí. Siguió agarrando la mano de Lily, no se la soltó.

–Eso es –murmuró, esbozando una sonrisa.

Pero la expresión de ella no se suavizó lo más mínimo.

Aquello lo sorprendió, era difícil encontrar a alguien capaz de resistirse a sus encantos.

–Es un verdadero placer conocerte, Lily –añadió–. Estaba deseando tenerte aquí como parte del equipo.

Se hizo un silencio demasiado largo.

–Ya imagino, teniendo en cuenta todo lo que ha hecho para conseguir que venga.

Se oyó otro sonido apagado, pero Raffa no giró la cabeza. No le importaba lo que pensasen los demás.

–No ha sido fácil.

Esperó, pensando que Lily intentaría apartar la mano de la suya, pero esta se quedó como estaba, mirándolo a los ojos de manera retadora.

–¿Me necesita para algo ahora mismo? –preguntó, mirando sus manos.

Y Raffa se sintió divertido. Era evidente que Lily quería demostrarle que no le impresionaba su aspecto ni su poder. Y eso le gustó. Hacía mucho tiempo que no lo trataban como a una persona normal.

–Lo cierto es que me gustaría hablarte de mis expectativas.

Se giró y le hizo un gesto a Pete, que se ocupó de vaciar la sala y cerrar la puerta tras de él.

Si Lily Nolan se sentía intimidada, no lo mostró. Su mano seguía unida a la de él, como si quisiese dejarle claro que el contacto no la afectaba.

¿Quién era aquella mujer? Lo había intrigado desde el primer momento.

Tanto el mundo de Raffa como la gente que había en él eran muy predecibles. Casi todos querían algo, salvo aquella mujer, que no quería nada de él.

¿Era ese el motivo por el que lo fascinaba? ¿Estaría aburrido de todo lo demás?

Raffa le soltó la mano. Tenías cosas más importantes en las que concentrarse que en una empleada nueva a la que no le gustaba su autoridad.

Volvió a estudiar su vestimenta y se preguntó si no tendría más cicatrices en el cuerpo. La idea lo incomodó.

—Siéntate —le dijo, decidido a entenderla antes de sacársela de la cabeza y seguir con su trabajo.

Y ella lo observó mientras se sentaba, como si fuese Raffa el que tuviese que impresionarla, y este se dijo que la próxima vez no contaría con Lily Nolan en su equipo.

Lily supo que le resultaba divertida a su jefe y eso la enfadó. No se había detenido demasiado tiempo en su cicatriz, pero sí la había estudiado de arriba abajo. ¿Sería su falta de feminidad lo que lo divertía? ¿O el contraste entre su propia belleza y las facciones marcadas de ella?

Tragó saliva. Estaba precipitándose al sacar conclusiones. Raffaele Petri era un hombre egoísta y despiadado, pero no tenía pruebas de que fuese ruin y cruel.

Todavía.

En el instituto ya la habían utilizado otras chicas para realzar su propia belleza y bondad.

Apartó aquello de su mente, puso los hombros rectos y levantó la barbilla. Fuese cual fuese el juego de Raffaele, ella estaba a la altura.

Se negó a llenar el silencio que se había hecho en la habitación. Si aquello era una prueba de determinación, su jefe se iba a llevar una sorpresa.

—¿Te has instalado ya en tu despacho? —le preguntó él, mirándola con aquellos ojos azules como el océano Pacífico.

–Sí, gracias. Pete me lo ha enseñado todo.

Para su horror, había descubierto que toda la planta estaba dividida por paredes de cristal. Y, todavía peor, que su despacho estaba junto al de Pete y Raffaele Petri.

–¿Y el alojamiento? ¿Es cómodo?

Lily asintió. El tamaño y el lujo la habían abrumado y le habían hecho recordar que era una chica de campo.

–Sí, gracias. Me ha parecido suficiente.

–¿Suficiente? –repitió él sonriendo.

–¿Qué es lo que le resulta tan divertido?

Él la miró con tal intensidad que Lily sintió un escalofrío por todo el cuerpo.

–Es la primera vez que alguien describe mi ático como suficiente.

Capítulo 3

S U ático? –inquirió ella sorprendida.
—Ningún otro piso tiene un jardín y piscina en el tejado.

—No he levantado las persianas. Era tarde y estaba cansada y...

—No pasa nada, ya lo verás luego.

Lily negó con la cabeza.

—No puedo quedarme ahí.

—Pero si has dicho que te parecía un alojamiento adecuado –argumentó él.

—Es su casa. No sería apropiado.

Ninguna de las mujeres con las que Raffa había salido habrían desperdiciado la oportunidad de quedarse en su ático, pero Lily Nolan era diferente, lo había sabido desde que había hablado con ella por teléfono.

Seguía despertando su curiosidad, y no por la cicatriz de su rostro ni la ropa amplia. Él nunca juzgaba a nadie por su aspecto.

¿Cuánto años hacía que una mujer no le resultaba interesante?

Se inclinó hacia ella, que retrocedió y se pegó contra el respaldo de la silla.

¿Le desagradarían todos los hombres o solo él?

Apartó aquello rápidamente de su mente, lo importante era asegurarse de que había tomado la decisión correcta al traerla allí.

—Si a mí me parece lo adecuado, no hay nada que objetar.

—¿Es tan perseverante con todo el mundo o solo conmigo? —le preguntó ella—. No puedo vivir en su casa.

—¿Te preocupa tu intimidad? ¿Que pueda invadir tu espacio?

Decían de él que era un playboy porque nunca se le veía dos veces con la misma mujer, pero nadie sabía que era por aburrimiento y porque no le gustaba ser el objeto de la avaricia de nadie. Y lo cierto era que hacía años que no sentía deseo por una mujer.

Todas habían querido siempre algo de él y Raffa odiaba cómo le hacía sentirse eso.

—La zona de invitados es independiente, tiene su propia entrada. Y la puerta que la une al resto del ático está cerrada con llave, así que tendrás intimidad.

Ella guardó silencio.

—Es temporal, mi asistente había buscado otro alojamiento, pero se reventó una tubería y el agua lo ha estropeado todo.

—Podría quedarme en un hotel.

—Sí, pero me dijiste que no podías permitírtelo, que tenías que gastarte el sueldo en otras cosas.

Ella arqueó las cejas como si estuviese sorprendida.

—¿Y no había otro lugar para alojarme?

—¿Porque me sobra el dinero? —preguntó él—. No me he hecho rico gastando el dinero a lo loco, señorita Nolan. La suite de invitados estaba libre y quiero asegurarme de que has venido a Nueva York a trabajar, no a hacer turismo.

A ella le brillaron los ojos un instante y Raffa sintió calor, pero Lily controló su ira estupendamente.

—Recordará que no quería venir a Nueva York. Si le preocupa que me distraiga, puedo volver a casa y trabajar desde allí.

Él negó con la cabeza.

—Te quedarás donde estás hasta que haya otro apartamento disponible. Te estoy pagando muy bien y quiero asegurarme de que merece la pena el gasto.

—¿No confía en mí?

—No confío en nadie hasta que no me demuestra lo contrario.

—Fue usted el que quiso traerme aquí.

Él se encogió de hombros.

—En base a tus trabajos pasados pienso que eres la persona que necesito, pero este proyecto es más importante que los anteriores y no quiero dejar nada al azar.

Lily lo miró a los ojos y supo que habían llegado al meollo de la cuestión.

—¿Por qué es tan importante?

—No voy a tolerar ningún error.

Que ella supiese, Raffaele Petri nunca cometía errores. Tenía buen olfato para los negocios y fama de tener siempre éxito en los negocios.

—Ese hombre en el que tengo que centrarme, Robert Bradshaw...

—Sí.

—¿Me puede contar algo más acerca de él?

—Ese es tu trabajo. Quiero un informe completo... sus intereses comerciales, amigos y relaciones. Todo.

Lily no supo por qué, pero tuvo la sensación de que se estaba adentrando en un terreno peligroso. Su instinto le advirtió que retrocediese, pero no tenía elección, si rechazaba aquel trabajo, Raffaele Petri echaría abajo su reputación.

—Me sería de gran ayuda saber algo más del proyecto.

Él la miró sin parpadear, con la mandíbula apretada. Decían que era capaz de seducir a una mujer solo con mirarla, pero su mirada en esos momentos no era seductora, sino calculadora. Se estaba preguntando cuánto podía compartir con ella.

—Mis otros trabajos han consistido en investigar empresas o tendencias comerciales, incluso localidades, pero en esta ocasión se trata de un hombre.

Raffaele siguió sin contestar y eso la exasperó.

—¿Tengo que concentrarme en algo en particular?

—Ya te lo he dicho. En todo. Quiero saber cuánto gana, quiénes son sus socios, sus aficiones, sus debilidades y costumbres. Con quién se acuesta. Todo.

En ese momento, Lily sintió algo que antes solo había empezado a sospechar: Raffaele Petri era un enemigo peligroso. Aunque ella era demasiado insignificante para ser su enemiga.

—Entendido. Haré todo lo que pueda.

—No es suficiente. Necesito saber que vas a responder.

–Tendrá su informe, *signor* Petri, pero va a llevar tiempo. Puedo averiguar sus intereses comerciales y sus socios, sus propiedades, su estilo de vida... pero existen límites.

–¿Límites? –repitió él, como si fuese la primera vez que oía esa palabra.

–Soy investigadora, *signor* Petri, no detective privado. Si quiere información acerca de la vida personal de ese hombre, sería mejor que contratase a uno de esos.

Raffaele negó con la cabeza.

–Hace tiempo que aprendí que no se puede confiar en ellos. Quiero resultados, no excusas.

Sorprendida, Lily se inclinó hacia adelante. Y entonces se quedó inmóvil al aspirar un aroma especiado que invadía todos sus sentidos.

Se echó hacia atrás bruscamente e intentó concentrarse en la conversación.

–Como quiera –le dijo–. Solo le estoy advirtiendo que mis competencias tienen un límite.

–No obstante, en el pasado trabajaste para una agencia de detectives, supongo que recibirías alguna formación.

A Lily le sorprendió que supiese eso de ella.

–Hace mucho tiempo y nunca he sido detective. El trabajo no iba conmigo.

–Pero tienes talento para ello. Lo quiero todo, desde su situación económica hasta sus registros de llamadas telefónicas.

–Las llamadas telefónicas están protegidas, salvo que tenga una orden judicial. No pretenderá que *hackee* los registros de las compañías telefónicas.

–¿Tú qué crees? Tenía pensado que ese era otro de tus talentos.

A ella se le cortó la respiración. Hacía años que nadie mencionaba el único problema que había tenido con la justicia. Era solo una niña, aburrida de estar sola después de la operación. Para muchos de sus compañeros de clase se había convertido en un bicho raro, y no solo por las cicatrices, sino porque era la que había sobrevivido y no su amiga Rachel, que siempre había sido mucho más popular.

La emoción la invadió, pero se concentró en Raffaele Petri.

–He elegido a los mejores para formar este equipo. Tu breve carrera de *hacker* fue impresionante. Me sorprende que salieses del bache tan fácilmente.

–Era menor. Y no le hice daño a nadie.

–No, pero conseguiste entrar en una de las bases de datos gubernamentales más protegidas y encriptadas del mundo.

–Si me ha contratado para que infrinja la ley, se ha equivocado, *signor* Petri. No haría eso por ningún cliente.

Se puso en pie y se alejó.

Y Raffa pensó que aquello estaba mejor. No solo había ira e indignación en Lily Nolan, también había un poco de miedo.

Él no quería asustarla, pero sí le gustaba ver que podía hacer que perdiese el control, que podía llegar a la mujer que había detrás de aquella máscara.

Y lo que vio avivó su interés.

Lily Nolan se giró a mirarlo con los ojos encendidos y un puchero en los labios. Cualquier hombre habría reaccionado a aquel gesto.

Pero él era su jefe.

Y nunca acosaba a sus empleadas.

Además, no le gustaba besar.

Se sorprendió del camino que habían tomado sus pensamientos. No quería besar a Lily Nolan. La idea era ridícula.

Quería entenderla, etiquetarla y catalogarla para poder apartarla de su mente y concentrarse en cosas más importantes.

—Tienes escrúpulos.

Ella volvió a acercarse con los brazos en jarras.

—Hay límites que no voy a sobrepasar, *signor* Petri. Uno de ellos es infringir la ley.

—¿Ni siquiera por dinero?

Los ojos de Lily ya no eran tan marrones en esos momentos, casi parecían ámbar, y lo miraban con seguridad.

—Ni siquiera por dinero.

Él asintió lentamente.

—Bien. Entonces se supone que no te va a comprar la competencia para que les des información confidencial.

Lily frunció el ceño.

—¿Me estaba haciendo una prueba?

Raffa se encogió de hombros. Era mejor dejarle creer aquello que intentar explicarle algo que ni siquiera él entendía.

Si su informe era insuficiente, tendría que contratar a un detective privado, pero no se dejaría engañar por él. Años antes, cuando había empezado a ganar dinero, había contratado a uno para investigar la muerte de su hermana. A partir de entonces, había empezado a desconfiar de ellos.

De hecho, no confiaba en nadie.

Se puso en pie.

—Nos reuniremos cuando hayas terminado el informe preliminar.

Para entonces su fascinación habría disminuido y Lily Nolan sería solo una empleada más.

Capítulo 4

NO oyó nada, pero Lily supo de repente que ya no estaba sola porque se le erizó el vello de la nuca y todo su cuerpo se quedó inmóvil.

Levantó lentamente la cabeza y lo vio allí, con un hombro apoyado en el marco de la puerta, las piernas cruzadas con naturalidad. Era el único hombre cuya presencia podía sentir con aquella claridad.

Le había parecido guapo cuando iba vestido de manera informal, pero de esmoquin y sonriendo de medio lado, con la pajarita desatada...

—¿Otra vez trabajando hasta tarde?

Lily asintió y se aclaró la garganta. Era ridículo que siguiese teniendo aquel efecto en ella después de más de un mes.

—Pero, evidentemente, no lo haces para impresionar al jefe —añadió, cruzándose de brazos.

—¿Eso piensa?

Deseó que alguien los interrumpiese. El resto de miembros del equipo entraban y salían de su despacho con frecuencia y, para su sorpresa, después del impacto inicial, la habían aceptado en el equipo y era una más.

Miró hacia las paredes de cristal y se dio cuenta de que estaban solos. Todo el mundo se había marchado a casa hacía mucho tiempo.

—No lo sé —admitió él, acercándose más.

—¿Ahora también se dedica a leer la mente? —preguntó ella sin pensarlo.

—¿Además de qué? —dijo él, deteniéndose a un par de pasos de su escritorio—. No, no me lo digas, quiero intentar adivinarlo.

Lily se echó hacia atrás y dejó caer las manos en su regazo. Él parecía divertido, pero Lily no estaba jugando.

—¿Cómo sabe que no intento impresionarlo con mi diligencia?

Él se encogió de hombros con toda naturalidad.

—Porque nunca buscas mi aprobación. No te quedas en mi despacho a hacerme preguntas ni alardeas de tu éxito en las investigaciones que estás llevando a cabo.

Lily hizo una mueca, sintió ganas de sonreír al oír que su jefe insinuaba que estaba impresionado con su trabajo, pero no lo hizo porque estaba demasiado tensa. Si bajaba la guardia con aquel hombre, tenía la sensación de que no podría volver a subirla.

Por encantador que fuese, Raffaele Petri era peligroso. La había obligado a estar allí. Había despertado su sensibilidad sexual y eso la aterraba. Pensaba en él de día y de noche, convirtiéndose en una tentación prohibida cuando tenía que haber estado concentrada en su trabajo o en dormir o en hacer cualquier otra cosa.

—De todos modos, ya ve los resultados. ¿Qué sentido tendría ir a su despacho a alardear de cada pequeño éxito?

Él sonrió y Lily sintió calor y se dijo que aquel era el motivo por el que tenía que mantenerse alerta.

Raffaele Petri le hacía desear cosas que eran imposibles.

—Me está pagando para que lo haga lo mejor posible, no necesito una palmadita en el hombro cada vez que hago algo bien.

—En ocasiones no se trata de recibir una palmadita, sino de querer llamar mi atención.

Ella lo miró a los ojos y pensó en aquello. Entendió rápidamente que otras mujeres intentaban llamar su atención porque se sentían atraídas por él y querían que se fijase en ellas. Una pequeña parte de ella también lo había deseado...

Se movió tan bruscamente que su silla fue a chocar contra la pared.

Lily se puso de pie, tenía el estómago encogido. Raffaele había estado a punto de descubrir sus deseos más íntimos, como si sospechase que se sentía atraída por él.

Su mano derecha se levantó e hizo aquel gesto compulsivo que Lily tanto había luchado por dominar. En el último momento, justo antes de tocarse la cicatriz, la bajó y apoyó las dos palmas en el escritorio. Tenía un nudo en la garganta y estaba sudando.

No era solo porque Raffaele Petri no fuese a pensar jamás que era atractiva, sino porque ningún hombre lo haría.

Era algo que había aceptado después de varias experiencias dolorosas, pero, aun así, una parte de ella seguía fantaseando.

No estaba enfadada con él, sino consigo misma.

—¿Quiere decir que intentan llamar su atención porque se sienten atraídas por usted? —le preguntó con la voz tensa.

–Me ha ocurrido alguna vez, sí.

–¿Y le molesta que yo no lo haya hecho? –añadió, sabiendo que el orgullo era lo único a lo que podía aferrarse–. ¿No se da cuenta de que hay personas a las que no les impresiona su belleza, *signor* Petri?

«Ojalá fuese verdad», pensó.

Él se echó a reír y Lily tuvo la impresión de estar viendo a un Raffaele Petri que pocas personas conocían.

–Tienes toda la razón, Lily. Y eres todo un antídoto para mi ego. No le parezco atractivo a todo el mundo y es bueno saber que tú eres una de esas personas. Así es mucho más fácil trabajar contigo.

Lily espiró lentamente. ¿De verdad lo habría engañado?

–¿Qué quiere de mí? –le preguntó, sabiendo que su jefe sentía algo por ella, no atracción, tal vez curiosidad.

–¿Sinceramente? –dijo él, mirándola a los ojos–. Te encuentro... interesante. Diferente.

Ella dejó escapar una risotada y levantó la mano, pero en vez de tocarse la cicatriz, se apartó el pelo y se lo metió detrás de la oreja, dejando a la vista su perfil más imperfecto.

–Sí, eso es cierto, soy diferente.

–¿Piensas que me refiero a tu aspecto? –inquirió él con el ceño fruncido.

Ella se encogió de hombros.

–¿El qué si no?

Raffa sacudió la cabeza.

–No lo sé, pero no tiene nada que ver con tu apariencia física.

Lily no supo si sentirse aliviada o ridículamente dolida.

–Tal vez se trate de que no voy a verle a su despacho.

–Si por ti fuese, estaríamos en hemisferios diferentes –comentó Raffa arqueando las cejas.

Lily se cruzó de brazos y proyectó una tranquilidad que no sentía.

–Está demasiado acostumbrado a que vayan detrás de usted.

–¿Piensas que es un problema de ego? –preguntó él, quedándose pensativo–. Tal vez, pero hay algo más. Me gusta tu pensamiento lateral. La combinación de la solidez de las pruebas con tu imaginación.

Lily sintió que se relajaba. Era capaz de aceptar cumplidos profesionales.

–Y me gusta que no te dé miedo dar tu opinión.

–En el equipo no hay muchas personas sumisas.

–Ya, pero tú llevas tu independencia a un nivel fascinante, nuevo. Es, seguramente, una cuestión de honor.

–No tengo nada especial, *signor* Petri. No soy más que una profesional que está acostumbrada a trabajar para sí misma en vez de hacerlo para otros.

–Tal vez tengas razón –dijo él después de unos segundos de silencio, llevándose las manos al cuello para anudarse la pajarita.

Lily lo vio hacerlo fascinada y no pudo evitar que el gesto le resultase... excitante.

–¿Lily?

Ella parpadeó.

–¿Sí?

–Te he preguntado si está recta.

–Casi, solo un poquito torcida.

–¿Así mejor?

Ella negó con la cabeza.

–¿Puedes ayudarme?

Ella miró la pajarita y notó que se le hacía un nudo en la garganta. No quería tocar a Raffaele Petri. No quería acercarse a él.

Pero no podía negarse. Dio la vuelta al escritorio y se acercó tanto que pudo aspirar su olor especiado, a hombre. Su calor la envolvió mientras alargaba las manos para ponerle la pajarita derecha.

–Ya está –dijo, sin levantar la mirada e ignorando el temblor de las rodillas–. Que disfrute de la velada.

Entonces volvió a su sillón.

Solo eran las once y media cuando Raffa llegó a casa. El evento de aquella noche había sido más empalagoso de lo habitual. Y su acompañante había querido fingir que había algo entre ellos que no era real.

Atravesó el salón sin molestarse en encender las luces. Se sirvió una copa de *grappa* y se la bebió de un trago.

Estaba cansado de fingir y de esas fiestas, pero había tenido la esperanza de ver a Robert Bradshaw allí.

Desde que había conseguido identificar al hombre responsable de la muerte de Gabriella, había querido arruinarlo. No tenía la esperanza de poder demostrar que era culpable ante un tribunal después de tanto tiempo, pero se encargaría de hundirlo.

Pero Bradshaw no había ido a la fiesta, probablemente estuviese nervioso porque tenía demasiados acreedores a los que enfrentarse. Según la información que Lily había descubierto, Raffa sospechaba que estaba en su isla privada, una isla que su familia había conseguido con el comercio de esclavos y azúcar. Había vendido las casas de Londres y Cannes para pagar deudas y lo siguiente sería su apartamento de Nueva York. Estaría lamiéndose las heridas e intentando encontrar la manera de recuperar la fortuna que había heredado y dilapidado.

Había llegado el momento de hundirlo y la decisión animó a Raffa. Disfrutaría de cada momento.

Se quitó la pajarita, los zapatos y los calcetines, se desabrochó la camisa, abrió la puerta de la terraza que había en la azotea y salió. Levantó el rostro hacia la suave brisa y se quedó inmóvil.

No estaba solo.

Había alguien sentado en una tumbona, junto a la piscina. Alguien que no miraba hacia el jardín ni hacia las vistas de Manhattan, sino que tenía la mirada clavada en un ordenador portátil.

¿Qué estaba haciendo allí?

Tenía que ser Lily Nolan. Nadie más podía haber llegado allí. Tenía que ser la mujer que cerraba las cortinas todas las noches nada más llegar a casa y se encerraba en su habitación. Raffa se preguntó si tendría agorafobia. Eso habría explicado su reticencia a ir a Nueva York, pero en esos momentos parecía relajada.

Así que tal vez no fuese la ciudad lo que la perturbaba, sino él, su único vecino en el ático.

Interesante.

Sintió un calor en las venas que le estaba empezando a resultar familiar. Una sensación que tenía siempre que Lily Nolan interrumpía sus pensamientos. Todavía no sabía cómo calificarla. No era excitación ni nerviosismo. Tampoco era mera curiosidad, sino más bien interés, era como si estuviese esperando que...

Raffa sacudió la cabeza. No esperaba nada de la señorita Nolan, salvo otro informe en el que detallase cómo era el complejo que Bradshaw había construido en aquella isla del Caribe.

No lo había oído llegar, estaba demasiado concentrada en lo que estaba haciendo. No podía estar trabajando a aquellas horas.

Lo que Raffa vio lo fascinó. Por primera vez no llevaba puestos unos pantalones anchos y una camisa abrochada hasta el cuello, sino que tenía los pies descalzos y las piernas desnudas, cruzadas hacia delante para sujetar el ordenador. También tenía desnudos los brazos y no había en ellos rastro de cicatrices.

Se sintió aliviado al comprobarlo.

Lily Nolan llevaba el pelo recogido, vestía una camiseta sin mangas y pantalones cortos, y estaba muy seductora.

Todas las mujeres proyectaban una imagen: sofisticada, provocativa, coqueta o dinámica y profesional. Raffa pasó la vista por sus piernas desnudas y se dio cuenta de que la imagen era muy sexy, pero la mujer no estaba proyectando nada deliberadamente.

Sintió que se excitaba y aquello lo sorprendió. ¿Cuánto tiempo hacía que no se sentía así?

Recorrió con la mirada su pelo, oscuro bajo la luz de la luna, la cicatriz de su mejilla, la delicada garganta y las largas piernas.

Había pensado que no le importaba cómo fuese Lily Nolan físicamente, pero se había equivocado.

La cicatriz le daba igual, pero ver sus piernas, la curva de sus pechos y el delicado escote...

Además, no era solo un cuerpo sexy. De esos, Raffa había visto muchos a lo largo de su vida.

La respuesta de su cuerpo tenía más que ver con el hecho de que fuese Lily Nolan, la mujer que llevaba seis semanas desafiándolo, intrigándolo y sorprendiéndolo. Desde que había hablado con ella por teléfono se había sentido diferente... más vivo. Más real.

Raffa frunció el ceño todavía más. No solía dedicarse a fantasear.

Sí había sido siempre sincero consigo mismo. Había sido la única manera de no perder la cabeza en el tumultuoso viaje de la pobreza a la riqueza, de la oscuridad a convertirse en uno de los hombres más reconocidos del planeta.

Por eso aceptó que lo que sentía era deseo, interés sexual. Y que no era una reacción ante un cuerpo atractivo, sino ante Lily Nolan en concreto.

Tomó aire y ella debió de oírlo, porque giró la cabeza y se puso tensa.

—¡Usted!

—No pareces muy contenta de verme.

Si Raffa hubiese creído en la redención, se habría sentido tentado a pensar que aquella mujer había llegado a su vida para salvarlo de su propio ego.

Pero hacía mucho tiempo que Raffa solo creía en sí mismo.

—Estoy en mi casa —comentó.

—Pero había salido —replicó ella.

–Ah, por eso te has colado aquí, porque pensabas que yo no estaba.

–No me he colado en ninguna parte, me dijo que podía salir al jardín.

–Un privilegio del que no has hecho uso hasta que no has pensado que yo no estaba en casa.

–Siempre he pensado que usted querría intimidad, sobre todo, si recibe visitas.

–Muy considerada –murmuró él.

No se molestó en explicarle que nunca recibía visitas porque, precisamente, valoraba demasiado su intimidad.

Además, pensaba que si Lily Nolan cerraba las cortinas todas las noches no era para darle intimidad a él, sino para protegerse ella. ¿Por qué se escondía? ¿Qué secreto quería proteger?

¿Sería él capaz de descubrir a la verdadera Lily Nolan? Raffa era consciente de que, siempre que podía, intentaba no coincidir con él. Mantenía las distancias y lo llamaba *signor* Petri mientras los demás lo tuteaban.

Esa noche obtendría respuestas.

–¿En qué estás trabajando?

Tal vez lo sorprendiese contándole que se pasaba las noches jugando al ordenador.

Ella levantó la mano como para bajar la pantalla, pero él se la sujetó.

Se le aceleró el pulso. Solo se habían tocado otra vez, el primer día, cuando se habían saludado.

Ella apartó la mano y se la llevó al regazo como si le doliese.

Interesante.

Raffa cambió de posición la pantalla para ver mejor.

—¿Hábitos de compra en Brisbane? ¿Qué tiene eso que ver con Bradshaw?

—Nada —respondió ella, cerrando la pantalla—. Este trabajo no es para usted.

—¿Estás pluriempleada? —le preguntó Raffa.

Estaba tan cerca que podía aspirar su olor sutil, pero dulce. Le hizo pensar en días frescos y en... ¿peras? Eso era, olía a deliciosas peras.

Ella se apartó y a Raffa le pareció bien, pero tomó una silla y la acercó para sentarse justo enfrente.

Capítulo 5

LILY se abrazó al ordenador como si eso fuese a protegerla de su mirada.

Se sentía vulnerable en aquella terraza, lejos del despacho. ¡Casi sin ropa! Al pensar aquello notó que se le endurecían los pechos.

¿Cuánto tiempo tardaría su cuerpo en dejar de responder ante aquel hombre tan viril y espectacular? Quería que llegase el día en que lo viese como a otro compañero de trabajo más. Como al resto de miembros del equipo que, para su sorpresa, estaban empezando a convertirse en amigos.

Contuvo un gemido. Raffaele Petri la había sorprendido medio desnuda. Era una suerte que no hubiese encendido las luces.

Aunque en realidad no hacía falta luz, estaba la de la luna, que era suficiente para que Lily pudiese ver el pecho de su jefe. Con aquella ropa elegante y despeinado, descalzo y con la camisa abierta, estaba todavía más masculino de lo habitual.

—Ya le dije que tenía responsabilidades que implicaban que no podía mudarme a Nueva York, pero usted me obligó. Esta es una de esas responsabilidades, un trabajo para una empresa que quiere crecer en Brisbane. Estaba leyendo un borrador que me ha mandado mi asistente.

–¿Tu asistente? Pensé que trabajabas sola.

Lily volvió a sentirse nerviosa al saber que Raffaele Petri se había informado acerca de ella.

–He expandido mi negocio recientemente. Hay mercado.

Él no respondió.

–Pero hago esto en mi tiempo libre.

–¿Por la noche? Así no se puede dirigir un negocio.

–Lo sé –admitió Lily, sacudiendo la cabeza–, pero no tengo elección. Sobre todo, porque me han obligado a venir a Nueva York a pesar de que tenía otros compromisos laborales.

–¿Por eso no querías venir? ¿No era por un hombre?

A Lily le entraron ganas de echarse a reír. ¿Un hombre? Nunca había habido hombres en su vida. No hacían precisamente fila para conocerla. Ni siquiera había sido popular con los chicos con catorce años, con la cara intacta. Siempre había sido una chica normal y corriente. Después, se habían fijado en ella por los motivos equivocados y Lily había aprendido a no confundir compasión con interés.

–Uno no, varios –respondió.

Él se puso tenso.

–El minorista de Brisbane, el jefe de recursos humanos de la empresa de seguridad que quiere tener controlado a su personal, el director del organismo de planificación...

–Clientes, quieres decir.

–Sí. Y todos importantes. Por eso empleo mi tiempo libre en trabajar para ellos.

–Pero ninguno tan importante como yo.

Aquello era cierto.

–Todos mis clientes son importantes. Esperan resultados que yo les he prometido obtener. No acepto ningún trabajo que no sea capaz de realizar al mejor nivel.

–¿Aunque con esos trabajos ganes una miseria en comparación con el que haces para mí?

Lily intentó no apretar los dientes. Era una suerte que aquel tipo fuese tan arrogante, así le atraería menos.

O eso esperaba.

–Le sorprendería. Algunos de mis clientes podrían rivalizar con usted.

De hecho, había trabajado poco tiempo atrás para un hombre que podía considerarse competidor de Raffaele Petri. Luca De Laurentis también era un empresario que ofrecía vacaciones a personas ricas.

–Para que mi negocio crezca necesito el mayor número de fuentes de ingresos posible.

Él asintió despacio, casi a regañadientes.

–Cuando habla de que su negocio crezca, ¿a qué se refiere? No creo que puedas hacer mucho aunque te pases las noches sin dormir.

–¿Tanto le cuesta verme como a una mujer de negocios? –inquirió Lily, para la que su trabajo lo era todo.

Hacía mucho tiempo que se había dado cuenta de que jamás tendría una familia.

Raffa negó con la cabeza.

–Eres la persona más seria y profesional que conozco, Lily, pero es evidente que te gusta trabajar sola.

–¿Significa eso que no sé trabajar en equipo?

–No, no es que no sepas, sino que prefieres estar sola.

Lily tragó saliva. Se le había quedado la garganta seca. Raffaele Petri tenía razón, prefería estar sola, pero él tenía que entenderla.

O tal vez no. A él también lo miraban constantemente, pero con admiración, no con espanto.

–Bueno, pues le gustará saber que tengo dos empleados.

Aunque todavía en formación, pero para Lily era todo un avance.

–¿Por qué?

Ella frunció el ceño. ¿No la estaba escuchando?

–Usted mismo lo ha dicho, no puedo hacer todo el trabajo yo sola.

–¿Por qué quieres crecer? ¿Por qué quieres tener tu propia empresa en vez de quedarte a trabajar aquí, por ejemplo? –le preguntó Raffa con genuina curiosidad.

Lily miró aquel maravilloso rostro de ángel caído. Nadie más, ni amigos ni familiares, ni siquiera en el banco, se había molestado en hacerle aquella pregunta.

Aquello la hizo temblar por dentro. Se puso en pie y clavó la vista en la piscina, nerviosa porque Raffaele Petri se había interesado por ella.

A pesar de sus diferencias, lo respetaba como hombre de negocios, como persona activa y honesta. Y porque la trataba como a alguien lo suficientemente fuerte como para enfrentarse a él. Como a un igual a pesar de que no lo eran.

Lily se dijo que tenía que poner fin a aquella conversación. Se estaba volviendo demasiado íntima.

Se dio cuenta de que se había alejado mucho de todas las personas a las que había importado. En Australia se había ido a la otra punta del continente para alejarse de una familia demasiado protectora. Desde entonces, se había volcado en el trabajo. No había tenido amigos ni confidentes. Nadie lo suficientemente cerca para compartir sus sueños.

–Quiero construir algo por mí misma –dijo sin pensarlo.

Para su sorpresa, él asintió.

–Quiero... seguridad. La seguridad que da el éxito, y algo más. Quiero...

–Reconocimiento.

Lily abrió mucho los ojos.

–¿Cómo lo sabe?

–Me suena la historia.

–¿A usted? Si ya tenía reconocimiento antes de crear su empresa.

Él esbozó una sonrisa.

–Que reconozcan tu rostro, o tu cuerpo, porque apareces en anuncios publicitarios no es lo mismo que gozar de reconocimiento.

–¿Se refiere a reconocimiento por los logros?

Él volvió a asentir.

–Que te reconozcan por tu imagen no es ningún logro. Es muy distinto ser alguien por tus actos, por tu éxito.

Ambos se comprendían. Era la primera vez que Lily sentía que se entendía con alguien. Aquel era un momento crucial.

–¿Es eso lo que lo llevó a crear su propia empresa? –le preguntó.

–Tal vez. Quería tomar las riendas de mi futuro y eso es complicado cuando uno depende de los caprichos de las agencias, de los anunciantes y de los gurús de la moda. Puede que un año estés en lo alto de la ola y al siguiente ni te llamen.

–A mí me parece que le quedaba carrera de modelo para mucho tiempo –admitió Lily.

No era solo un hombre guapo. Tenía un magnetismo al que ella no se podía resistir, por mucho que lo intentase. Y lo intentaba.

Raffa se echó a reír.

–Es un negocio feroz, no te dejes engañar por el glamour.

Entonces, ¿se metió en el negocio inmobiliario buscando seguridad?

–Podría decirse así. Estaba decidido a ponerme a salvo.

–¿A salvo?

–Nací pobre, así que hace falta mucho dinero para dejar de preocuparse por perderlo todo y acabar otra vez en la miseria.

Lily asintió. Ya sabía de sus orígenes humildes, pero imaginó que lo de la miseria era solo una manera de hablar.

–Construir mi propio negocio significaba poder escoger mi camino y hacer las cosas como yo quería, no depender de otros.

–Te entiendo.

Raffa apoyó la espalda en la silla y, a pesar de la oscuridad, Lily sintió su intensa mirada.

Contuvo la respiración y esperó a que Raffaele Petri continuase hablando, pero no lo hizo. Parecía relajado, observándola. Estaban más cerca de lo que habían estado en las reuniones y nada se interponía entre ambos.

De repente, Lily se puso tensa y le costó respirar con dificultad.

–¿En qué piensas? –le preguntó, cuando no pudo soportar más el silencio.

Él sonrió, casi parecía divertido.

–En lo mucho que nos parecemos.

¡Tenía que ser una broma!

–Ambos somos solitarios –añadió–. Ambos queremos la seguridad que da el éxito. Y queremos tener nuestra propia marca, en vez de dejar que el mundo nos juzgue por nuestra apariencia.

Aquello último la sorprendió mucho, nunca había hablado con nadie de su rostro.

Él también tenía un peso sobre los hombros, aunque mucho más fácil de llevar, pero tenían algo en común. La gente los juzgaba por su rostro, el de él increíblemente bello, el de ella, horroroso.

Lily espiró lentamente y sintió que sus hombros y su cuello se relajaban un poco.

Asintió. Raffaele Petri acababa de expresar con palabras algo que ella jamás había admitido, que todavía luchaba por que la juzgasen por otra cosa que no fuese la cicatriz de su rostro.

Era el motivo por el que, hasta entonces, había preferido trabajar desde casa en vez de en un despacho. Cuando los demás no la veían la trataban como a cualquier otra persona.

Allí, en Nueva York, había sido la primera vez que había empezado a relajarse estando con otras personas después de mucho tiempo. ¿Sería porque sus compañeros eran especiales o porque a ella le preocupaba menos su reacción inicial? En cualquier caso, se sentía más relajada y aceptada de lo que había esperado. Le fastidiaba admitirlo, pero el hecho de que la hubiesen obligado a ir allí le había venido bien.

—Ambos hemos puesto en marcha nuestras empresas. Otro punto en común —comentó ella—. ¿Su carrera anterior lo ayudó en esta?

Raffa se echó a reír.

—Al principio, no. No me tomaban en serio. Era un rostro, no un hombre de negocios.

—Supongo que todo el mundo piensa que ser modelo es fácil —comentó Lily, reconociendo en silencio que ella lo había hecho.

—¿Ser modelo? —repitió él, cambiando de postura en la silla.

Y Lily tuvo la sensación de que se había perdido algo.

—Digamos que pagué mis cuotas para salir del agujero en el que empecé la vida —añadió, y su gesto se endureció—. Fue difícil conseguir que los inversores confiaran en mí. Todo el mundo esperaba que fracasase.

—Pero no lo hizo.

—Cuando empezaron a querer formar parte de lo que había construido, yo ya me había acostumbrado a trabajar solo —continuó, encogiéndose de hombros—. Tal vez verme obligado a estar solo fue bueno. Hizo que estuviese todavía más decidido a tener éxito y a aprender de mis errores.

—¿Cometió muchos? —le preguntó Lily.

—Muchos. Tenía dinero, lo había ahorrado, pero me embarqué en un proyecto que me dio muchos problemas.

–No obstante, al final tuvo éxito –dijo ella, con la esperanza de tenerlo también.

–Era la única opción que podía aceptar.

¿Tenía ella también la misma determinación de conseguir el éxito?

–Así dicho, parece fácil.

–Fácil, no. Simple. Me negaba a aceptar el fracaso.

Ella también estaba intentando tener éxito. Con todas sus fuerzas.

–¿Has pensado en reducir tu mercado?

La pregunta la sacó de sus pensamientos.

–¿Perdón?

–Tu mercado. Me parece muy amplio. Te estoy preguntando si no vas a necesitar especializarte y convertirte en la mejor de lo que haces, en vez de hacer de todo para muchas personas.

Lily lo miró con sorpresa. No estaba enfadado porque no se dedicase solo a su proyecto, sino que parecía interesado por su negocio. ¿Le estaría ofreciendo asesoramiento? Era una oportunidad demasiado buena para dejarla pasar.

–Si me especializase me quedaría sin algunos ingresos muy lucrativos.

–¿Lucrativos a largo o a corto plazo?

Lily nunca lo había visto así.

–Lo suficientemente lucrativos como para pagar las facturas mientras me hago un nombre en las áreas en las que quiero centrarme.

–¿Y has planeado la transición entre dedicarte a todo y centrarte en lo que quieres que sea tu actividad principal?

Lily dudó. Su plan de negocio había consistido en

hacer más de lo mismo. En crecer en general, no en un ámbito en particular. En conseguir ingresos con los que dar seguridad a su empresa.

–Ya veo –comentó Raffa.

Ella también lo veía.

–Hay un vacío en mi planificación, ¿verdad?

–Yo diría que tendrías que replantearte la estrategia, salvo que quieras verte atrapada por la rutina y aceptar cualquier trabajo, te interese o no.

Lily se pasó los dedos por el pelo.

–Ya he trabajado lo suficiente en cosas que no me interesan.

Él arqueó las cejas.

–¿Te refieres al trabajo que haces para mí?

Lily negó rápidamente con la cabeza.

–No, ese me encanta. Los proyectos son lo suficientemente complejos para resultar fascinantes. Y... *signor* Pe...

–Raffaele. O Raffa. Yo creo que ya puedes tutearme.

Lily deseó poder ver mejor su rostro, porque escuchó una nota en su voz que no fue capaz de reconocer y que hizo que se le acelerase el pulso.

Asintió a regañadientes.

–Raffaele –balbució, sintiéndose como si acabase de cruzar una frontera–. ¿Podrías...?

–¿Podría...?

Él se inclinó hacia delante y Lily se sintió abrumada por su imponente presencia, por su magnífica mente. Por la atracción.

Pero lo que más le gustaba era cómo le hablaba Raffaele. La hacía sentirse... importante. Como si de verdad se sintiese interesado por ella.

Lily bajó la vista a sus manos, que tenía apoyadas en las rodillas y, por un instante, se preguntó cómo sería si levantase una de ellas y la tocase. Entonces recuperó la cordura.

El mero hecho de que estuviese tan cerca le demostraba que no estaba interesado en ella físicamente. Solo sentía curiosidad por sus planes.

Y ella se alegraba. Era lo que quería, que la tomasen en serio como mujer de negocios.

No obstante, no pudo evitar preguntarse cómo sería, solo una vez, que un hombre la desease.

Tragó saliva, se le había hecho un nudo en la garganta. Nunca se compadecía de sí misma. Era mejor centrarse en lo que podía conseguir en la vida.

—Me preguntaba si podrías darme algún consejo. Acerca de cómo o cuando llevar a cabo esa transición.

Él no respondió y aquello la puso todavía más nerviosa. Y cuando acababa de decirse que tal vez hubiese ido demasiado lejos, Raffaele respondió.

Raffa observó cómo hablaba Lily y la pequeña cicatriz que tenía en el dorso de la mano. La luz se reflejaba en esta y también en la de la cara, pero ni siquiera aquello evitaba que desprendiese luz interior.

Cuando hablaba de su trabajo lo hacía con un entusiasmo que la mayoría de las mujeres reservaban para sus amantes. Un entusiasmo difícil de resistir.

Era difícil encontrar a personas verdaderamente apasionadas.

Eran muchas las que se habían acercado a él pidiéndole ayuda, y siempre se había resistido, pero allí estaba, atrapado por el entusiasmo de Lily en su pequeña empresa.

O, más bien, atrapado en ella. En una mujer que le hacía preguntarse cómo reaccionaría si alargaba la mano y la hacía sentarse en su regazo.

Su efervescencia lo excitaba. No le suponía ningún esfuerzo hablar de planes de negocios con ella, y además del interés que sentía por el tema, Raffa se dio cuenta de que, por primera vez en un tiempo, se encontraba contemplando la posibilidad de tener una amante.

¿Lily Nolan?

Era una locura.

—¿Cuándo estará terminado el informe relativo a la propiedad de Bradshaw en el Caribe?

A ella pareció sorprenderle la pregunta. Comprensible, dado que no tenía nada que ver con la conversación que estaban manteniendo.

—Mañana. Tengo que comprobar algo por la mañana.

—Excelente. Cuando esté podrás tomarte diez días libre. Eso te dará tiempo para centrarte en tus otras responsabilidades.

Raffa pensó que cuanto antes lo hiciese antes podría tenerla para él solo. La necesitaba. Por su experiencia, por supuesto.

—¿Diez días? Si llevo muy poco tiempo trabajando aquí.

Raffa sonrió. ¿Quién se quejaba de tener tiempo libre?

—No te preocupes, que pretendo que hagas el trabajo para el que te pago. Cuando vuelvas, estaremos en un momento crucial del proyecto y tendrás que estar disponible siete días a la semana y veinticuatro horas al día.

Lily asintió lentamente.

—Bueno, estoy aquí, así que estaré disponible.

Raffa negó con la cabeza.

—No estaremos en Nueva York, sino en el Caribe, en casa de Bradshaw.

Ella abrió mucho los ojos.

—¿Yo también?

—Eso es. Quiero que estés donde vas a ser más útil.

Aquello tenía sentido. No tenía nada que ver con la atracción que sentía por Lily Nolan. O casi nada.

Ella separó los labios, había tensión en su gesto, pero eso no lo molestó. Conocía un poco mejor a la mujer vital, intrigante y extrañamente inocente que tenía delante.

Y estaba deseando conocerla más. Y descubrir sus secretos.

—Antes de que te opongas, te diré que es una exigencia, no una petición. Termina lo que tengas que terminar. No quiero que traigas más trabajo. Te quiero completamente a mi disposición.

Capítulo 6

ESO es todo por ahora. Gracias a todo el mundo.

Raffaele terminó la videoconferencia dirigiéndose a Consuela, que estaba en Nueva York, acerca de un contrato.

Lily se relajó en su silla. Estaba cansada, pero bien. Trabajar con Raffaele era intenso, pero gratificante. Un reto con el que tenía que continuar.

Raffaele era un empresario dinámico, pero a juzgar por la energía y la inquietud que había demostrado desde que habían llegado a la isla de Bradshaw Lily se dijo que aquel proyecto tenía que tener un componente personal.

–Bueno, vamos a hacer un descanso.

Lily levantó la vista y vio que Raffaele había cerrado el ordenador y la estaba observando. Y que era una mirada muy poco profesional.

Ella hacía un gran esfuerzo por no verlo como a un hombre atractivo, pero era como fingir que el sol no brillaba sobre la arena blanca de aquel paraíso. El corazón se le aceleraba solo de ver sus antebrazos, fuertes y bronceados, con la camisa remangada.

Estaban solos en el espacioso bungaló de Raffaele, que estaba algo apartado del resto de alojamientos del frondoso complejo turístico. El resto del equipo estaba a miles de kilómetros de allí, en Nueva York, y Lily sentía una cierta culpa por haber sido la única en haber viajado con él. Su bungaló era más pequeño, pero también precioso.

–Me parece que voy a cenar en la cafetería que hay junto a la piscina.

Lily se lo imaginó allí, rodeado de bellezas en biquini.

Apartó la mirada.

–Pásalo bien, yo voy a empezar a...

–Después, Lily. Ahora es hora de cenar –la interrumpió él.

Ella sonrió.

–Tomaré algo en la habitación. Quiero ponerme con esto ahora que lo tengo fresco.

Para su sorpresa, Raffaele se puso en pie y se colocó delante de ella, con los brazos cruzados y las piernas separadas. Y ella no pudo evitar desearlo, al fin y al cabo, era humana.

–Eso puede esperar. Primero, hay que comer. Deja aquí tus cosas y ya las recogerás luego.

¿La estaba invitando a cenar con él? No supo si lo que sentía era emoción u horror al pensar que iba a sentarse a cenar en público con el hombre más guapo del planeta.

–Gracias, Raffaele, pero prefiero cenar sola y ordenar mis ideas.

–¿En tu habitación?

Ella asintió y se puso en pie.

Para su consternación, él no retrocedió, así que se quedaron frente a frente, tan cerca que Lily pudo sentir el calor que desprendía su cuerpo y su evocador olor.

Se dio cuenta de lo que era evidente, que lo deseaba. Y se dijo que Raffaele había sido amable y comprensivo con ella, pero que jamás...

—¿Te estás escondiendo otra vez, Lily?

Ella levantó la barbilla de golpe y lo miró a los ojos.

—No sé de qué estás hablando.

Era imposible que Raffaele supiese cómo se sentía. ¿O no?

Raffa olió su miedo. Había aprendido a reconocerlo a una edad temprana porque había crecido en un barrio nada recomendable. Y quiso decirle que todo iba a ir bien.

Tuvo que hacer un esfuerzo para no alargar las manos y tocarla, para no intentar reconfortarla.

Aquello lo sorprendió. Nunca había deseado reconfortar a una mujer.

—Llevamos trabajando juntos el tiempo suficiente para que te conozca, al menos un poco. Y sé que tienes miedo.

Lily se quedó inmóvil, se puso tenso.

—No sé de qué estás hablando.

Raffa tuvo que reconocer que era valiente.

—¿Pensabas que no me había dado cuenta de que te escondes? —le preguntó, sacudiendo la cabeza—. No sales nunca.

—Sabes que no tengo tiempo para salir —respondió ella—. Trabajo a tiempo completo para ti y después intento mantener a flote mi negocio.

—Tienes tiempo para cenar conmigo ahora —insistió Raffa—. A no ser que eso también te dé miedo.

–¿También?

–Te he visto en la playa al amanecer.

Ella lo miró sorprendida.

–No eres la única que madruga.

Lily lo miró con recelo.

–Mirabas hacia el mar y estabas metida hasta las rodillas, parecías estar deseando bañarte, pero no lo hiciste, ¿por qué?

Y vestida, con una camisa de manga larga y los pantalones remangados.

–Solo estaba admirando la vista, que es espectacular –respondió ella–. Además, no he traído bañador.

–¿Has venido al Caribe sin bañador? –le preguntó él con incredulidad.

–No tengo bañador –respondió ella–. He venido aquí a trabajar, no a bañarme, ¿recuerdas?

–Entiendo.

Estaba poniendo excusas otra vez.

–¿El qué entiendes? –preguntó ella enfada.

–Que te da miedo el agua. ¿Sabes nadar?

–Por supuesto que sé nadar. Crecí junto al mar. Era obligatorio aprender a nadar.

Él levantó la mano y señaló la cicatriz.

–¿Qué ocurrió? ¿Fue un accidente acuático? ¿Por eso no quieres nadar?

Lily dio un grito ahogado e intentó retroceder, pero no pudo porque tenía el sofá detrás.

–¿Lily?

–Eso no es asunto tuyo.

–Tal vez no, pero ya iba siendo hora de que alguien te lo preguntase.

–Que me pagues un sueldo no significa que tengas derecho a meterte en mi vida.

Raffa no dijo nada, se limitó a quedarse donde estaba y esperó.

Casi había dado por hecho que no iba a obtener una respuesta cuando la oyó decir:

—No fue un accidente acuático. Un bruto celoso me tiró una botella de ácido encima.

Aquello lo sorprendió, no había esperado una respuesta así. Sintió náuseas y se le aceleró el corazón.

¿Qué clase de hombre atacaba a una mujer indefensa?

«Un hombre como Robert Bradshaw».

—¿Era tu novio?

—El de mi mejor amiga. Yo solo estaba en el momento y en el lugar equivocados, sentada a su lado en el cine. Rachel se llevó la peor parte, pero yo estuve mucho tiempo entrando y saliendo del hospital por las heridas —le contó en voz baja.

Él pensó que debía de haber sido muy duro y deseó abrazarla y tranquilizarla.

Pero no era precisamente un experto en reconfortar mujeres y, además, ella lo estaba fulminando con la mirada.

—Entonces, ¿por qué no te bañas? ¿Es el mismo motivo por el que tratas de desaparecer?

—¿Desaparecer? Si estoy aquí.

—No todo el tiempo. A veces, cuando te apasiona una discusión o un trabajo, se te olvida sentarte al fondo, entonces sí que estás presente, pero da la sensación de que te preocupa que te vean.

Lily no respondió, tomó aire.

Su vulnerabilidad hizo que a Raffa se le encogiese el pecho.

–Ese es el motivo por el que llevas siempre ropa tan cerrada, ¿no?

–No todo el mundo puede permitirse ropa de diseño –replicó ella.

–No se trata de la marca, Lily. Tienes un cuerpo atractivo, pero lo ocultas como si sintieses vergüenza de él. ¿No te has traído unos pantalones y una camiseta sin mangas?

Su silencio confirmó las sospechas de Raffa.

–No has traído ropa de verano ni bañador porque no quieres que nadie te vea.

Raffa no sabía si sentía pena o incredulidad.

–Pues no funciona así, Lily. ¿No te das cuenta de que, cuanto más intentas esconderte, más se te ve? ¿Más te observan y se hacen preguntas acerca de ti? ¿Piensas que no te ven escondiéndote en el pelo largo y esa ropa apagada?

–¿Quién piensas que eres para decirme lo que tengo que ponerme o cómo me tengo que comportar? Si quiero llevar el pelo suelto y la ropa ancha, es mi decisión –le contestó con los ojos brillantes.

–¿También es tu decisión no bañarte porque te da miedo que te vean? –replicó él–. Yo pienso que lo que ocurre es que el miedo se ha apoderado de tu vida.

Ella apoyó la mano en su pecho para apartarlo.

–¡No te atrevas a sermonearme! –le gritó–. No tienes ni idea de lo que estás hablando.

–Pues cuéntamelo –la retó, agarrándole la mano.

Ella negó con la cabeza.

–Cuéntamelo, Lily.

Por fin lo miró a los ojos.

–¿Qué quieres que te cuente? ¿Que llevo media

vida soportando que me miren como a un bicho raro? Me miran y me hablan en voz baja, como con pena. Y luego están los que ni siquiera me miran, que hablan conmigo con la mirada clavada en un punto a mis espaldas.

Tomó aire antes de continuar.

—En un día perdí no solo mi cara, sino también mi juventud, a mis amigos, el valor. La dicha de ser normal.

Se echó a reír.

—No sabes la de trabajos que perdí por cómo me veía la gente.

—Ese no es el caso ahora.

¿Perdona? ¿Me vas a decir que la cicatriz ha desaparecido?

—Te estoy diciendo que, con o sin cicatriz, eres una mujer distinta a la que eras entonces. Eres una mujer segura de sí misma y que tiene éxito. Con respecto a la cicatriz...

Levantó la mano y le apartó el pelo de la cara.

Lily se quedó inmóvil al notar que la tocaba.

—Las he visto peores —terminó Raffaele por fin.

—¡No sabes lo mucho que me reconforta oírlo!

Raffa sonrió al oír su airada réplica. Nunca había conocido a nadie tan dispuesto a atacar para defenderse.

—Es la verdad.

—¿Y se supone que esa verdad va a hacerme la vida más fácil? —le dijo ella en tono burlón, poniendo los brazos en jarras—. ¿O quieres que me emocione porque Raffaele Petri me ha dicho que ha visto cosas peores y me corte el pelo, me ponga un biquini y me pase el tiempo que me queda aquí charlando con extraños? Y, milagrosamente, nadie se dará cuenta de que mi cara parece sacada de una película de terror.

Levantó la barbilla tanto que invadió su espacio.

–Sé realista, Raffaele. ¿Tú tocarías a una mujer así? Por supuesto que no.

Lily abrió la boca para continuar hablando, pero no pudo porque Raffaele había levantado la mano y le estaba acariciando la mejilla. Lo miró a los ojos, muy sorprendida.

Raffa disfrutó de la suavidad de su piel, de su olor afrutado, y de repente Lily se apartó y lo dejó sintiéndose... despojado.

¿Qué acababa de ocurrir?

–No tienes ni idea de lo que ha sido mi vida con esta cicatriz. No te atrevas a decirme que está bien. No necesito tu condescendencia.

Raffa estaba aturdido por las emociones que Lily le había provocado. Pena. Deseo de protegerla. Excitación. Ira. Y algo más.

Solo había querido ayudarla.

–Pensarás que eres la única del mundo cuya vida se ha visto afectada por su aspecto –le dijo sin pensarlo–. Tienes que superarlo, Lily. Esa cicatriz no puede estropearte la vida. Salvo que tú lo permitas.

Ella gimió. Había vuelto a poner los brazos en jarras y tenía la barbilla levantada cual reina que examinase sus dominios. O, con aquella mirada, que estuviese juzgando a un esclavo insubordinado.

–¿Superarlo? –repitió, sacudiendo la cabeza sin dejar de mirarlo a los ojos–. No sé qué es más insultante. Que insinúes que yo sola me he hecho esto o que busques mi compasión porque te han juzgado por tu aspecto. ¿Quieres que te compadezca yo?

Tenía razón. Raffa no tenía motivos para quejarse. No obstante, en el fondo seguía sintiendo una cierta afinidad con Lily y sus problemas. A ambos los habían juzgado por su apariencia.

–Tienes toda la razón. No puedo quejarme. Tengo todo lo que un hombre podría querer y más.

No añadió que tener todo lo que el dinero podía comprar no lo era todo.

–Pero, créeme, Lily, si no cambias pronto, después ya no podrás hacerlo. O dejas que esa cicatriz te defina o consigues tener la vida que quieres a pesar de ella.

Raffa se dio la media vuelta y fue hacia la puerta intentando aplacar sus sentimientos. La emoción no le interesaba. Tampoco le interesaban las cicatrices, físicas o psicológicas. Si estaba allí era por un único motivo y tenía que enfrentarse a él.

Necesitaba olvidarse de los sentimientos que Lily le despertaba y concentrarse en Robert Bradshaw. La justicia y la venganza eran mucho más sencillas.

Capítulo 7

NADA la ayudaba. Lily llevaba mucho rato yendo y viniendo por su bungaló, reviviendo la conversación que había mantenido con Raffaele, y no conseguía sacarse las palabras de este de la cabeza.

Tampoco la había ayudado trabajar. No había podido dejar de pensar en lo que Raffaele le había dicho y sentir el temor de que tuviese razón. Ni siquiera había podido dormir a pesar del agotamiento.

En los últimos años y a pesar de la cirugía, cada vez le había costado más salir de casa, viajar.

Pero Raffaele la había acusado de esconderse, de ser una cobarde. Ella, que tanto había sufrido, que había tenido que enfrentarse a las miradas de una comunidad que la había acusado de sobrevivir en lugar de Rachel. Rachel, la estrella del equipo de natación, siempre guapa, el alma de las fiestas, inteligente, exitosa en todo lo que se proponía.

Rachel, su mejor amiga.

Lily contuvo un sollozo y se dijo que no iba a compadecerse de sí misma. ¡Nunca lo hacía!

Pero espiró y sintió que se deshinchaba, que se caía contra el borde de la cama.

Le dolía respirar. Tenía la vista nublada y le daba vueltas la cabeza.

Entonces, de repente, los pulmones se abrieron y tomó aire. Recuperó la vista y vio el mar por la ventana.

Raffaele tenía razón.

Tenía miedo. De hecho, estaba aterrorizada.

¿Desde cuándo?

Había estado tan ocupada obligándose a enfrentarse al mundo, a encontrar trabajo, a hacerse una carrera y ser independiente, que no se había dado cuenta de hasta qué punto se había apartado de todo.

A regañadientes, giró la cabeza hacia la ropa que había encima de la cama. La había tirado la noche anterior, muy enfadada. Un botones se la había llevado de la tienda del hotel. Y solo había una persona que pudiese haberla comprado.

Un sombrero de ala ancha, una falda colorida y de tela suave. Un top sin mangas que llevaba la etiqueta de un conocido diseñador, un bañador y una túnica amplia para estar junto a la piscina. Había incluso un par de bonitas sandalias con lazos que se ataban a los tobillos.

Todo de su talla.

Cada una de aquellas prendas costaba más dinero del que se había gastado en ropa en todo el año anterior.

Se había puesto furiosa al pensar en Raffaele comprando aquello y retándola a ponérselo.

No tenía ningún derecho a decirle cómo se tenía que vestir.

Y allí estaba todo, desafiándola. Era un reto que no podía ignorar.

¿Cómo había visto Raffaele cosas que ni ella misma había reconocido? En realidad, no era importante para él, pero la había visto como persona, no solo como a una empleada. Y la había obligado a entenderse a sí misma por primera vez en muchos años.

Aunque eso le doliese.

Apretó los dientes, alargó la mano y tocó el bañador. Era suave y demasiado fino.

Con él no había dónde esconderse.

Raffa se limpió el agua de los ojos. Después de hacerse cinco largos por la cala estaba agotado, pero no se sentía tranquilo.

Se había pasado la noche pensando en la cara que había puesto Lily cuando le había dicho que continuase con su vida, que dejase de esconderse e ignorase la cicatriz.

Se le encogió el estómago. ¿Qué derecho tenía a decirle cómo vivir? Ni siquiera era capaz de intentar meterse en su papel.

En ocasiones su propia arrogancia lo horrorizaba.

Había decidido seguir nadando cuando vio una figura en la playa. Una figura pálida, con el pelo largo y un cuerpo que parecía tallado en bronce. La luz del amanecer se reflejaba en todas sus curvas y Raffa se preguntó cómo podía haber pensado que era buena idea desnudarla.

Se puso tenso y sintió calor.

Se dijo que había visto a muchas mujeres con y sin ropa. Pero tuvo que reconocer que ninguna había hecho que su cuerpo reaccionase así.

La vio sonreír, orgullosa y admiró su determinación. Era una digna adversaria.

Raffa se recordó que no era una adversaria, sino una empleada.

Pero había entre ellos una lucha de hombre contra mujer que no podía seguir ignorando. Llevaba casi dos meses fingiendo que Lily Nolan le intrigaba porque era quisquillosa y tenía una mente rápida. Y porque estaba decidida a no dejarse impresionar por su riqueza o por su posición. Pero lo cierto era que la deseaba.

La vio adentrarse en el mar hasta que el agua le llegaba a la cadera, y la vio sonreír más con cada paso. Raffa nunca la había visto así, tan fuerte, libre y elemental.

En un sinuoso movimiento, levantó los brazos y se sumergió en el agua. Raffa esperó hasta que la vio salir nadando con facilidad. Entonces respiró hondo y fue hacia las rocas. Tendría que trepar en vez de salir fácilmente por la arena, pero Lily se merecía tener intimidad.

Lily tembló bajo la brisa caliente del mar. A pesar del sol, tenía frío porque sentía miedo. Nunca se había sentido tan vulnerable desde el día que había salido del hospital.

La elección de la silla junto a la piscina había sido una bravuconada, para demostrarse que no era la cobarde que Raffaele pensaba.

Pero al parecer sí que lo era, porque no podía estar más tensa.

–¿Puedo sentarme contigo? –le preguntó una voz melosa.

Y ella sintió algo parecido a alivio.

Se giró y vio a Raffaele, que estaba de espaldas a la piscina y al bar en el que se reunían los clientes. Iba vestido con bañador y una camisa medio desabrochada. El pelo le brillaba bajo el sol, pero fueron sus ojos lo que le llamaron la atención.

Lily sintió calor.

Tenía que estar furiosa con él.

Quería estar furiosa.

Pero también estaba agradecida. Raffaele le había quitado la venda de los ojos.

Se encogió de hombros y sus doloridos músculos protestaron.

—Me parece bien. Contigo aquí se olvidarán de mirarme a mí.

Era probable que el resto de clientes se preguntasen qué hacía el hombre más guapo del planeta con una mujer tan fea. El bello y la bestia.

Se recordó que no le importaba. Llevaba toda la mañana diciéndose lo mismo. No le importaba lo que pensasen los demás, o lo haría cuando se acostumbrase a estar en público.

—Están demasiado preocupados por sus bronceados como para mirarnos a nosotros.

Lily rio con incredulidad. Todo el mundo se fijaba en Raffaele. Este tomó una silla cercana y se sentó en ella.

Pero no estaba relajado. La sonrisa de sus labios no era de seguridad, como de costumbre.

Aquello la confundió.

—Un café solo —le pidió este al camarero que acababa de aparecer a su lado—. ¿Y...?

—Otro zumo, gracias, Charles —dijo Lily, levantando el rostro.

Se había recogido el pelo porque había decidido que no se iba a esconder más, pero en esos momentos sentía vergüenza.

—¿Llamas al camarero por su nombre?

—¿Te parece mal? —preguntó, cerrando los ojos para disfrutar del sol.

—En absoluto, pero muchos clientes no se molestan en averiguar cómo se llaman las personas que los sirven.

—Yo me dedico a investigar, ¿recuerdas? Te sorprendería lo mucho que he averiguado hablando con los locales, y lo cierto es que son tan simpáticos que me está gustando mucho conocerlos.

—¿Lily?

Ella abrió los ojos y se encontró a Raffaele muy cerca, inclinado hacia delante. Su mirada le cortaba la respiración.

—¿Sí?

Él no dijo nada y Lily frunció el ceño al verlo dudar, algo poco habitual en Raffaele.

—Lo siento.

—¿Lo sientes?

¿Raffaele Petri se estaba disculpando por algo?

—Siento lo que te dije anoche.

—No —respondió ella, sacudiendo la cabeza—. Tenías razón. Me estaba escondiendo.

Nunca le había costado tanto admitir algo.

Raffaele asintió sin apartar la mirada de su rostro y ella se estremeció.

—Lo sé. No me estaba disculpando por eso, sino por cómo te hablé. Lo siento. Estaba enfadado y fui muy arrogante. Debí tener más tacto.

Lily vio en su rostro que lo lamentaba, que se sentía mal.

—¿Por qué sonríes? —le preguntó él con el ceño fruncido.

—Por nada —respondió ella, tomando aire—. Gracias. Creo que si hubieses sido más amable no te habría escuchado. Me hiciste escucharte porque me dijiste las cosas como eran.

Sin pensarlo, alargó la mano y le tocó el dorso de la suya.

Sintió un escalofrío y se arrepintió al instante. Bajó la vista y ordenó a sus dedos que no lo tocasen más, pero su mano tardó demasiado en obedecerla.

Cerró los ojos y aspiró, horrorizada.

—¿Lily? —la llamó él en voz baja.

Y ella, que en esos momentos en vez de sentirse como una mujer de veintiocho años se sentía como una muchacha de catorce, torpe, inexperta, acalorada, abrió los ojos y se obligó a mirarlo.

—Acepto la disculpa. No me gustó nada cómo me lo dijiste, pero me alegro de que lo hicieras —admitió—. No sé cómo no me había dado cuenta antes.

—Eh, no te machaques. Eres una mujer increíble. Has conseguido mucho. Y no me refiero solo al trabajo que haces para mí.

—¿Por qué estás siendo tan amable?

—¿Amable? —repitió Raffa sorprendido—. Solo estoy siendo realista. Hay que tener agallas y determinación para llegar hasta donde has llegado tú sola.

Era sincero, pero Lily no pudo evitar sentirse culpable porque la realidad no era así. Su familia la había apoyado en los momentos más duros, no habría

sobrevivido sin ellos. Aunque después hubiese necesitado tomar distancia.

No obstante, la franqueza de Raffaele, su actitud
beligerante, retándola a superar el miedo, lo había
cambiado todo.

Lily se aclaró la garganta.

—Yo podría decir lo mismo de ti. Has llegado muy
lejos.

Tuvo la sensación de que aquel comentario hacía
que Raffaele se encerrase en sí mismo, que, de repente, ya no pareciese tan seguro ni tan cómodo.

Un segundo después aquella impresión había pasado. Raffaele levantó su taza de café y le dio un
sorbo, se recostó en la silla y el cambio de postura le
abrió la camisa, dejando a la vista el musculoso pecho.

Lily parpadeó y se maldijo porque no podía pensar. Aquello era lo más cerca que había estado nunca
de un hombre tan atractivo y eso la bloqueaba.

Una mujer que había al otro lado de la piscina se
tropezó mientras tenía la mirada clavada en él, pero
eso no reconfortó a Lily.

Sino que hizo que se sintiese posesiva. Estaba allí
con ella, aunque fuese por motivos laborales.

—Aquello fue otra vida —dijo él, sonriendo un instante.

Y Lily no pudo evitar tener la sensación de que
había sonreído para distraerla.

¿No quería hablar de su pasado? Ella lo entendía.
Abrió la boca para preguntarle por sus planes para
aquel complejo, pero él se le adelantó.

—Deberías tener cuidado con el sol, tienes la piel
muy blanca.

Lily no supo si era un cumplido o una crítica.

—¿Dónde está el sombrero que te envié? Deberías ponértelo.

Ella se dio cuenta de que, hasta aquel momento, se le había olvidado que aquella ropa se la había comprado él.

De repente, sintió que el bañador color bronce que llevaba puesto era demasiado pequeño. Y la túnica, demasiado fina.

—No necesito una niñera, Raffaele.

—Mejor —respondió él—, porque no me siento como tal.

Ella sintió calor. Se agarró a los brazos de la silla para evitar cambiar de postura, incómoda, pero la mirada de Raffaele estaba haciendo que se excitase. Que sintiese deseo.

Se le endurecieron los pezones y se cruzó de brazos.

Sería horrible que Raffaele se diese cuenta de lo mucho que le atraía.

—Por cierto, te debo lo que te haya costado la ropa. Sé que solo me la enviaste para retarme a salir de mi zona de confort, pero tengo que pagártela.

Él volvió a estudiarla con la mirada. ¿Qué estaría viendo, además de un rostro estropeado? ¿Un cuerpo demasiado pálido y nada atractivo? Por supuesto.

—Y también por el placer de verte con ella puesta.

—¿Qué?

—He dicho que quería verte con la ropa puesta. Tienes un cuerpo muy bonito, Lily. Deberías estar orgullosa de él.

Ella negó con la cabeza.

—No hace falta que digas cosas que no son verdad.

Sin duda, Raffaele no sabía cuánto daño le hacía aquello.

—¿Piensas que estoy mintiendo? —le preguntó él, arqueando las cejas—. Me conoces, Lily. Siempre voy directo al grano. Siempre digo la verdad.

Se inclinó hacia delante, hacia ella, con los ojos azules clavados en los suyos y repitió:

—Tienes un cuerpo muy bonito, Lily, y me gusta mirarte. Es la verdad.

Capítulo 8

RAFFA la vio marcharse de la piscina y atravesar los jardines con la cabeza erguida, los hombros rectos, las largas piernas flexibles y fuertes, y las caderas balanceándose de un lado a otro. Era tan atractiva como cualquier belleza clásica que hubiese conocido.

O más. En Lily no había nada artificial. Desde los pechos a su mirada color miel eran auténticos.

A su paso fueron muchas las miradas que se clavaron en ella. Raffa vio a varias mujeres cuchicheando, con gesto entre compasivo y de horror.

Él pensó que Lily había sido muy valiente al sentarse allí sola, sin intentar ocultar la cicatriz.

Pero también los hombres la habían mirado de manera más o menos abierta, todos habían clavado la mirada en el suave vaivén de su cuerpo.

Raffa intentó analizar qué tenía aquella mujer que despertaba su libido. ¿Era el balanceo de sus caderas? ¿La tersura de sus pechos? ¿La larga y seductora curva de sus piernas?

¿O el ronroneo de su voz cuando se sentía molesta por algo? ¿O la misteriosa mezcla de vulnerabilidad y vivacidad que lo tenía en ascuas?

Por primera vez se sentía atraído por la mente de

una mujer, por su manera de pensar y por su carácter, además de por su cuerpo.

Fuese lo que fuese lo que sentía, había dejado de tener la esperanza de que se le pasase. Sabía que debía concentrarse en Bradshaw, pero Lily era una distracción que no podía ignorar.

Y lo más inquietante eran los sentimientos que había despertado en él: preocupación, actitud protectora, cariño. Sentimientos que había enterrado en el momento en el que se había terminado su niñez. El día que habían hallado muerta a Gabriella.

Raffa se quedó sentado en su hamaca, casi sin aire.

Por primera vez en su vida no estaba sopesando cuidadosamente pros y contras, ni beneficios frente a riesgos. Solo sentía deseo.

Eso explicaba su torpe actuación de unos minutos antes. Nadie habría creído que, durante una época, se hubiese ganado la vida camelando a mujeres.

¿Habría perdido el talento?

Raffa estaba perdido en sus pensamientos cuando algo llamó su atención. Una cascada dorada que brillaba bajo el sol.

El pecho se le encogió de la emoción, sintió que le faltaba el aire. La vio volver a moverse, apartarse el pelo hacia atrás, en un gesto que había conocido desde la infancia.

Gabriella.

Separó los labios para llamarla, pero se detuvo. Si lo hubiese hecho se habría roto la magia.

Quiso correr hacia ella. Quiso disculparse por no

haberse comportado mejor, por no haber sido consciente de la suerte que había tenido de tenerla. Volvió a tener doce años y volvió a sentirse desesperado. Sintió dolor y arrepentimiento, vergüenza y esperanza. Hasta que ella volvió a moverse y se perdió la magia. No era ella.

Por supuesto que no. Hacía veintiún años que Gabriella había muerto, pero, por un instante, había vuelto a verla. Raffa sintió que el corazón se le aceleraba.

Esa chica no era Gabriella, pero tenían algo en común. La edad. La chica debía de tener quince o dieciséis años, era mucho más joven que el hombre que la estaba ayudando a salir de la piscina.

Raffa se dio cuenta de que este no podía ser su padre. Reconoció el rostro regordete y las manos gruesas. Unas manos que se apoyaron en las caderas de la chica.

Robert Bradshaw. El hombre con el que había evitado cruzarse desde que había llegado. No quería verlo hasta que no estuviese preparado para mover ficha. Hasta entonces, quería hacerle sudar.

Pero, en esos momentos, Raffa no estaba pensando en el negocio, sino en Gabriella y en cómo Bradshaw la había alentado a subir a su barco veintiún años antes, agarrándola por la cintura mientras le ofrecía champán.

A la mañana siguiente, Gabriella había aparecido muerta.

Oyó el ruido del cristal al romperse y bajó la mirada hacia donde había tenido su bebida.

Bradshaw también lo había oído y había levantado la cabeza. Le dio unas palmaditas a la chica y le susurró algo al oído antes de acercarse a él.

–*Signor* Petri, por fin nos vemos –dijo, ofreciéndole una mano.

Pero Raffa evitó darle la suya poniéndose a recoger los cristales rotos.

–Deje eso. Un camarero lo recogerá –le dijo Bradshaw, girándose hacia un camarero que corría hacia ellos escoba y recogedor en mano–. ¡Ya era hora!

–No pasa nada –le dijo Raffa al camarero–. Ha sido culpa mía.

Unos segundos después habían recogido los cristales y Bradshaw se había sentado a su lado.

–Tenemos mucho de qué hablar. Me ha parecido una excelente idea que venga aquí para ver el complejo antes de llegar a un acuerdo. Es excelente, ¿verdad?

Raffa se dio cuenta de que el hombre estaba tenso y eso le gustó. Ya era algo. Prefería verlo entre rejas para el resto de su vida, pero como eso no era posible, se tendría que conformar con la venganza que tenía planeada.

–Es tranquilo.

Bradshaw frunció el ceño al ver que Raffa no hacía ningún halago.

–Venga a mi casa a cenar y organizaré una fiesta privada. Seguro que se divierte.

Raffa negó con la cabeza.

–Me temo que no.

–Pues otro día. Dígame cuándo le viene bien que hablemos de negocios. Mientras tanto, relájese y disfrute.

Se acercó más a él y Raffa se dio cuenta de que olía a sudor y a aftershave caro.

–¿Quiere compañía femenina mientras está aquí?

Sería todo muy discreto. Tengo chicas jóvenes, ¿las prefiere rubias o pelirrojas? Lo que quiera.

Raffa sintió náuseas al ver que Bradshaw clavaba la mirada en la chica a la que había ayudado a salir de la piscina. Se agarró fuerte a la hamaca para contenerse y no explotar.

–No –respondió–. Solo he venido a descansar.

Luego se levantó bruscamente y se alejó de allí porque no soportaba tener a aquel hombre tan cerca.

Capítulo 9

DESPUÉS de haber visto a Bradshaw, Raffa se quedó con mal sabor de boca. Quería terminar con aquello, pero, después de hablar con su equipo jurídico, tuvo que reconocer que todavía había asuntos que solucionar antes de hacerlo. Su único consuelo era que la espera hacía que Bradshaw estuviese cada vez más desesperado.

Cuando esa tarde Lily llamó a la puerta de su habitación, Raffa se sintió aliviado. Necesitaba distraerse y, además, se había preguntado si esta acudiría a la reunión después de lo ocurrido en la piscina.

La inquietud que había sentido desde que había visto a Bradshaw con aquella chica desapareció al llegar Lily.

Raffa se dijo que necesitaba trabajar para distraerse.

No obstante, el aspecto de Lily aquella tarde no era nada profesional. Iba vestida con una camisa azul atada al cuello y una falda cruzada también en tonos azules y dorados que flotaba sobre sus piernas. Lily dudó antes de entrar, lo que le dio a Raffa tiempo para estudiarla mejor y también para contener el impulso de tomarla entre sus brazos. Bajó la vista y se fijó en las sandalias, atadas al tobillo, que enfatizaban sus sensuales pantorrillas.

Sintió ganas de sonreír, pero se contuvo. No quería asustarla.

—Aquí estás. Bien. Tenemos mucho que hacer.

Ella entró con paso firme.

—Esto es para ti —le dijo, dándole un sobre.

¿Sería su dimisión? A Raffa se le olvidó Bradshaw y el trabajo y sintió que se le encogía el pecho.

Apretó los labios y abrió el sobre.

—¿Dinero?

—Para pagar la ropa —respondió ella con voz tensa.

—Considéralo parte del sueldo —le dijo, tendiéndole el sobre—. Fui yo quien insistió en traerte aquí.

Lily negó con la cabeza. Por una vez, su pelo no acompañó el movimiento. Se lo había recogido. De hecho, lo llevaba tan tenso que debía de dolerle la cabeza.

—Mi ropa la pago yo.

—¿Aunque no hayas sido tú quien la ha elegido?

—La he aceptado y, por lo tanto, la pago —insistió ella, tocándose la garganta.

Raffa se preguntó si lo hacía porque estaba nerviosa.

—Está bien —cedió, dejando el sobre encima de la mesa—. Vamos a empezar. Quiero que repasemos todos los detalles. No se nos puede escapar nada.

Como ocurría siempre que se ponían a trabajar, el tiempo pasó sin que se diesen cuenta. Lily empezó a relajarse al ver que Raffaele se centraba en los negocios.

No hubo miradas ardientes ni comentarios personales. Volvían a ser jefe y empleada o, más bien, colegas. Raffaele la trataba con respeto por su experiencia y ella se sentía reconocida.

—¿Cuándo vas a reunirte con Robert Bradshaw?

Llevaban dos noches allí y Lily sabía que Bradshaw había invitado a cenar a Raffaele a su casa, que estaba en la otra punta de la isla.

—Cuando llegue el momento.

—¿No es a eso a lo que has venido? ¿Estás posponiendo el encuentro a propósito?

Él arqueó una ceja.

—No es el momento adecuado. Estoy esperando a que le digan que no le van a dar más créditos. Entonces será más fácil que se pliegue a mis deseos.

—¿Y si no es así?

—No te preocupes.

Raffa se echó hacia atrás y apoyó ambas manos en su nuca. El movimiento hizo que se le marcasen los bíceps a través de la camisa. A Lily se le cortó la respiración y se sintió aturdida.

¿Cuánto tiempo más podría seguir fingiendo que no sentía ningún interés por él?

—Yo ya he mostrado mis intenciones viniendo aquí. Es suficiente. No tiene sentido hacer que Bradshaw piense que va a conseguir todo lo que quiera —comentó Raffa, hablando con despreció del inglés—. Está desesperado por conseguir un socio que ponga dinero para reformar este sitio. Hasta reconoce que los beneficios no son tantos como podrían ser.

—Así que cuanto más tiempo espere, más desesperado estará.

—Salvo que encuentre otro socio. El complejo es una inversión muy atractiva.

Lily asintió. Era como estar en el paraíso. No le

sorprendería que al menos otra de las empresas para las que trabajaba, De Laurentis Enterprises, estuviese interesada.

–Pero te quiere a ti porque todo lo que tocas se convierte en oro –comentó Lily.

Luego miró hacia la playa, bordeada de jardines, y se dio cuenta de que estaba anocheciendo y había antorchas encendidas para señalar el camino.

–Me parece una pena cambiar este lugar. Es maravilloso tal y como está.

–Hay que renovarlo para atraer a la clientela que Bradshaw quiere.

–¿Como han hecho con el bar de la piscina? –preguntó ella, apretando los labios.

Mientras que el resto del complejo tenía mucho encanto, el bar de la piscina era demasiado moderno, estaba hecho con baldosas negras y adornado con luces de neón, y las sillas eran muy incómodas, de metal.

–Ha sido el único esfuerzo de Bradshaw de renovar algo. Ese hombre no tiene ni idea. La clientela a la que quiere atraer podría viajar a Nueva York o a cualquier otra parte si lo que quiere es un ambiente moderno. Aquí vendrán por el lujo y la privacidad. Y para conocer el Caribe, sus gustos y su ambiente relajado.

–¿Y tú qué harías? ¿Qué cambiarías?

–Para empezar, reduciría el número de bungalós –respondió casi inmediatamente–. Me quedaría con los mejores y me desharía del resto. La gente paga por tener el privilegio de estar en un lugar íntimo. Cada casita tendría su propia piscina, spa, mayordomo y chef. Pondría un restaurante que fuese realmente fabuloso y que sirviese comida tradicional, productos locales, pero con un toque nuevo. Traería lo mejor de todo. Mejoraría...

—¿El qué? —preguntó Lily, inclinándose sobre la mesa.

Raffaele sacudió la cabeza bruscamente.

—No importa. Lo único que importa es que Bradshaw acepte mi oferta.

Lily volvió a echarse hacia atrás. Ella ya no estaría allí cuando Raffaele hiciese realidad sus planes, pero había permitido que este le contagiase su entusiasmo. Su energía la había atraído, había hecho que deseara más.

Pero no había nada más.

Tragó saliva y se dio cuenta de que lo que la había atraído no eran solo sus ideas, sino él. Nunca había conocido a un hombre tan carismático, tan vital. Supo que si lo tocaba sentiría un chispazo que recorrería todo su cuerpo.

Pero el deseo de tocarlo iba más allá.

Deseaba tocarlo como una mujer tocaba a su amante.

Se puso en pie.

—Tengo que marcharme.

Él se levantó también. Su expresión era indescifrable.

—No hay prisa. He pedido que nos traigan la cena.

A Lily se le aceleró el corazón. Se imaginó a ambos sentados, disfrutando de la vista, bebiendo vino y comiendo marisco, relajados. Él se comportaría de manera encantadora y ella, asustadiza y pensativa. Y cuando sus miradas se cruzasen en la de Raffaele habría deseo y...

—Pero ya hemos acabado por hoy, ¿verdad? —le

preguntó mientras se ponía a recoger sus cosas–. Salvo que me necesites para algo más.

–Resulta que sí.

Lily lo miró.

–Dime.

–Quiero que cenes conmigo.

Aquello la sorprendió.

–¿Por qué?

–Porque quiero que me acompañes.

Ella agarró con fuerza el ordenador portátil. No supo qué decir.

La mirada de Raffaele hizo que le temblasen las rodillas. Suponía que era el modo en que un hombre miraba a una mujer cuando se sentía interesado por ella. Sintió que se le subía el corazón a la garganta.

Era la primera vez que la miraban así y no supo qué hacer.

Tragó saliva. Era evidente que se estaba confundiendo. Raffaele Petri podía estar con cualquier mujer que le gustase. Era ridículo pensar que se sentía atraído por ella.

Más que ridículo, era patético.

–Me tengo que marchar.

No quería hacer el ridículo.

–Ya lo has dicho –respondió él, cruzándose de brazos.

Lily se dio cuenta en ese momento de que estaba justo delante de la puerta. Impidiéndole el paso.

Ella apoyó las manos en la mesa e intentó tranquilizarse. Intentó volver a pensar con claridad y dejar de imaginarse cosas.

Pero cuando levantó la vista los ojos azules de

Raffaele brillaban de tal manera que se le encogió el estómago y se le endurecieron los pezones contra el sujetador. Sintió la piel tensa, como si la mujer que había debajo de ella estuviese intentando escapar.

–Porque es así. Hemos terminado por hoy.

Él sacudió la cabeza lentamente.

–Espero, sinceramente, que no sea así.

Lily se preguntó si era su imaginación o si, de repente, Raffaele tenía la voz más ronca, el acento más marcado.

Apartó las manos de la mesa como si la superficie le diese corriente. Una mano más grande la agarró de la muñeca. Ella se quedó inmóvil.

–¿Qué quieres, Raffaele? –le preguntó con una voz demasiado seductora.

Se zafó de él y dio un paso atrás. Tenía la respiración acelerada.

Él estaba coqueteando. La estaba mirando de manera seductora. Y el efecto era devastador.

–¡Para ya, Raffaele! –le dijo, pensando que tenía que escapar de allí–. Yo no...

Sacudió la cabeza y deseó no haberse recogido el pelo, deseó que este cayese alrededor de su rostro, ocultando una expresión que debía de revelar el anhelo de su alma.

–¿No qué?

«No coqueteo». No sabía hacerlo. No tenía ninguna experiencia. Lo que hacía que el juego de Raffaele le pareciese todavía más cruel.

–¿De qué tienes miedo, Lily? –le preguntó él, acariciándole la piel con la voz.

«De ti».

«De ti y de todo lo que me haces sentir».

–Pensé que nada te asustaba, Lily. Eres tan resuelta, tan decidida.

Ella se aclaró la garganta para hablar, pero Raffaele se acercó y su olor a hombre, a especias y a mar la invadió. Lo miró a los ojos y no pudo articular palabra.

–¿No tendrás miedo de esto?

Raffa inclinó la cabeza y sus labios acariciaron los de Lily.

A esta le pesaron los párpados y sintió que el deseo anulaba su sentido común. Solo pudo pensar en el sabor y en el olor de Raffaele, en el calor de su respiración, en el deseo que irradiaba.

Raffaele se apartó y, por un instante, todo se quedó estático. Lily ni siquiera respiró.

Se obligó a abrir los ojos, pero la mirada azul de Raffaele la capturó como si estuviese en el mar, pero no se estaba hundiendo en él, sino todo lo contrario, tenía la sensación de estar flotando.

Raffaele se apartó y, por un instante, todo se quedó estático. Lily ni siquiera respiró.

–No tengo miedo –mintió.

Estaba aterrada. Emocionada. Exultante. Curiosa.

Sintió que su mano se apoyaba en el fuerte pecho de Raffaele. A este le latía el corazón con firmeza, mucho más despacio que a ella.

Era real, no el amante imaginario con el que soñaba. Su piel estaba caliente debajo de la camisa.

Notó que su pecho subía y bajaba y Lily se dio cuenta de que no estaba tan relajado como parecía.

Pero era su jefe. Era uno de los hombres más guapos del mundo, y ella...

–Lily –le dijo este con voz profunda, agarrándole la mano que ella había apoyado en su pecho.

–Esto es un error –contestó, retrocediendo.

Raffaele retrocedió con ella.

–No es ningún error. Acéptalo, Lily. Está bien.

Había apoyado la mano en su nuca para sujetarla mientras volvía a inclinar la cabeza.

De repente, fue como si los segundos pasasen a cámara lenta. Tan despacio que Lily se dio cuenta de que, aunque Raffaele la estaba sujetando, podía girar la cara o retroceder y zafarse de él.

Pero no se apartó. Era cierto, tenía la sensación de que aquello estaba bien. Y sobre todo, era inevitable. ¿Por qué fingir cuando llevaba semanas preguntándose cómo sería besar a Raffaele?

Los labios de este volvieron a tocarla suavemente una vez, dos, antes de instalarse completamente sobre los suyos. Por un momento, Lily se quedó inmóvil. Absorbió el olor de su piel caliente, el delicioso sabor de su lengua, la fuerza del cuerpo que se había pegado al suyo, la suavidad de su mano en la nuca...

Raffaele cerró los ojos mientras la besaba y a ella le temblaron las rodillas, tuvo que agarrarse a él.

El beso se hizo más intenso, Raffaele le sujetó la nuca con más fuerza y metió la lengua entre sus labios. A Lily le ardió la sangre, sintió calor entre los muslos, se le endurecieron los pezones y estuvo a punto de gritar. Estaba a cien y se preguntó si era posible llegar al clímax con tan solo un beso.

Levantó las manos para agarrar su rostro, para aprender todas sus facciones mientras él seguía acariciándola con la lengua y la invitaba a rendirse del todo.

Lily se estremeció y suspiró en silencio, decidió

que tenía que dejarse llevar y, por primera vez en la vida, besó a un hombre.

Raffa ya había imaginado que su sabor sería delicioso. Había esperado encontrar fuego debajo de aquella cautela.

No obstante, no había estado preparado para notar que el cuerpo de Lily ardía bajo sus manos, no había estado preparado para tanta pasión, tanto anhelo. La notó temblar, le temblaba todo el cuerpo, pero no de miedo. Estaba disfrutando del beso.

Y él no se saciaba, quería más.

Lily era todo lo que había esperado y más. Su olor era dulce, a peras con un toque de almizcle, y sabía... Raffa no era capaz de describir su sabor. Solo podía decir que era adictivo.

La apretó contra sus labios y contra su erección. ¿Cuánto tiempo hacía que no había deseado tanto a una mujer? ¿Cuánto tiempo hacía que no lo poseía el deseo?

Las mujeres no le habían interesado durante años, pero Lily lo excitaba más que cualquier experimentada seductora.

Raffaele estaba acostumbrado a mujeres que disfrutaban con el sexo, pero que no se sorprendían con nada.

Sin embargo, tenía la sensación de que Lily sí que estaba sorprendida. Todo aquello parecía nuevo para ella.

Recordó que le había dicho que nadie quería tocar a una mujer así. Mucho menos él. Y recordó la seriedad de su mirada al decírselo y el dolor de su expresión.

Y entonces algo en su interior se detuvo, hizo que se le cortase la respiración.

El instinto lo alentó a aprovecharse del entusiasmo de Lily, pero algo en su cerebro le advertía de la inexperiencia de sus besos y de sus caricias.

No era posible.

Ninguna mujer llegaba a los veintiocho años sin que la hubiesen besado.

Para un hombre que había perdido la cuenta de sus encuentros sexuales antes de terminar la adolescencia, era inconcebible. No obstante, su cerebro seguía insistiendo en que Lily besaba como una virgen.

El deseo se mezcló con la culpabilidad y le cortó la respiración.

Pero Raffa se obligó a pensar, a observar.

Lily tenía la respiración más acelerada que él y los ojos cerrados. Tenía un lado del rostro sonrosado, suave como la seda. En el otro, la marca de la cicatriz, que ella había dicho que era muy fea, como sacada de una película de terror. Para Raffa era parte de ella, como su manera de arrugar la nariz cuando él decía algo con lo que no estaba de acuerdo. O el brillo de sus ojos cuando se le olvidaba ser cauta y revelaba su entusiasmo natural.

¿Podía ser verdad que ningún hombre se hubiese acercado a ella por la cicatriz?

Tal vez hubiese sido ella quien se hubiese puesto a la defensiva y no lo hubiese permitido. A Raffa, aquella opción le parecía factible.

Lily abrió los ojos y lo miró con una intensidad que hizo que Raffa sintiese sus treinta y tres deslucidos años.

Casi no recordaba la época en la que todavía era virgen. No había besado a nadie nunca.

Con respecto a llevarse a alguien a la cama, como había planeado hacer con Lily después de haber cenado con champán... se estremeció al ver esperanza en su mirada. Había bajado la guardia y su mirada era inocente.

Confiaba en él.

Raffa pensó en las cosas que había hecho para llegar adonde estaba, los sórdidos negocios en los que había participado. Lily no podía imaginar lo manchado que estaba, no por fuera, sino por dentro, en lugares que no se podían limpiar.

¿Había conocido él el placer inocente?

–¿Raffaele?

Su voz le sacudió la libido y la conciencia, dos cosas que llevaban tanto tiempo dormidas que creía haber perdido.

–¿Qué ocurre?

A Lily la cautela le apagó el deseo. Ocurrió tan rápidamente que se confirmaron las sospechas de Raffaele de lo mucho que había sufrido en el pasado. Estaba acostumbrada a llevarse decepciones.

–Tienes razón –admitió él–. No es buena idea que cenemos juntos.

Se aclaró la garganta y se obligó a decirlo:

–Es mejor que te marches.

Ella se giró antes de que Raffa terminase de hablar, estaba en la calle en unos segundos, pero antes de que saliese, Raffa vio dolor en sus ojos. Y la vio echar la cabeza hacia atrás como si la hubiesen golpeado.

Él se quedó donde había estado, como si también le hubiesen dado un puñetazo en el estómago.

O, todavía peor, con la sensación de que aquello no lo podía solucionar. Él no podía ser el hombre que Lily necesitaba.

Capítulo 10

HORAS después, Lily seguía avergonzada de cómo había reaccionado cuando Raffaele la había besado, solo le había faltado rogarle más.

Había bastado que sus labios la tocasen para bajar las defensas y entregarse completamente a sus caricias.

Otro beso más y probablemente habría llegado al clímax. Casi había merecido la pena esperar tantos años.

Raffaele era un maestro de las artes sensuales. Era comprensible que no hubiese querido continuar con el experimento con una mujer tan torpe e inexperta.

¡Tenía veintiocho años y era la primera vez que la besaban!

Lily gimió y siguió yendo y viniendo por la habitación a oscuras. No había peligro de que tropezase, había hecho el mismo recorrido miles de veces en las últimas horas, incapaz de calmarse, sintiéndose furiosa, frustrada y avergonzada.

¿Por qué había permitido que Raffaele le hiciese creer que las cosas habían cambiado después de tantos años, que la cicatriz ya no importaba?

¿De verdad había pensado que se sentía atraída por ella? Solo la había besado por curiosidad.

Sintió que las costillas se le contraían alrededor del corazón acelerado. Había pensado que Raffaele era diferente. Nunca había pensado que fuese un hombre cruel.

Pero lo que había hecho aquella noche...

«¡Supéralo! Estabas demasiado ansiosa por besarlo. No puedes enfadarte con él por haber dado un paso atrás. Que tú estés colada por él...».

Lily intentó no darle vueltas a aquello. No quería analizar lo que sentía por él.

Iba a hacer lo que hacía siempre. Recuperarse y continuar con su vida. Enterrarse en el trabajo. Luchar por tener éxito.

Pero se había olvidado el ordenador en el bungaló de Raffaele y no pensaba volver allí.

Miró por la ventana y pensó que solo había una manera de expulsar aquella energía. Se dio la media vuelta y se quitó el sujetador mientras atravesaba la habitación. Dejó caer la falda al suelo, se quitó las braguitas y las horquillas del pelo. Desnuda, tomó uno de los bañadores nuevos y eliminó de su mente cualquier pensamiento relativo al hombre que lo había comprado. Estaba segura de que no lo había elegido personalmente.

Unos segundos después estaba cerrando la puerta de su bungaló, aspirando el dulce olor de las flores del jardín y la salinidad del mar. Dio un paso al frente, pero se detuvo al ver a alguien en su terraza.

Bajo la luz de las estrellas, se puso en pie y le pareció más alto que nunca.

–¿Cuánto tiempo llevas aquí? –inquirió Lily, rompiendo el silencio y sintiendo que se le disparaba la adrenalina.

–Un rato –admitió él, encogiéndose de hombros–. Pensé que estabas dormida.

Lily no se había molestado en encender las luces. No había querido mirarse al espejo. Se había refugiado en la oscuridad.

–No quiero que estés aquí –le advirtió, dolida.

–Lo sé.

–Entonces, ¿por qué has venido? –le preguntó con indignación.

–Quería asegurarme de que estabas bien.

–¿Sentándote aquí, en la oscuridad?

Nunca había oído una tontería igual.

–No quería dejarte completamente sola. Me sentía... responsable.

Era ridículo, pero aquello le dolió.

–Soy una adulta, Raffaele. No te tienes que sentir responsable. Sé cuidarme sola.

Por un momento, sintió el peso de aquella afirmación sobre los hombros. Los años de soledad, teniendo que hacerlo todo por sí misma. Entonces se puso recta.

–No hace falta que me esperes. Me voy a dar un baño.

Él avanzó y le bloqueó el paso.

–¿De noche?

Lily levantó el rostro, como si pudiese mirarlo a los ojos en la oscuridad.

–No eres mi guardián. Apártate. Esta muestra de... preocupación no es necesaria. Márchate y céntrate en Robert Bradshaw. Él es el motivo por el que estás aquí.

Ella también necesitaba recordar aquello.

—No puedes ir a bañarte ahora, es demasiado peligroso —insistió él—. ¿Y si te da un calambre y no hay nadie que te pueda ayudar?

Lily se sintió furiosa, cada vez más, al ver que Raffaele fingía preocuparse por ella. Lo rodeó y siguió andando.

Él la agarró por la muñeca, deteniéndola.

—Déjame. Suéltame. Ahora.

—Lily, escúchame...

—No.

Se giró hacia él y lo vio más guapo que nunca bajo la luz de la luna. Como era inevitable, sintió deseo, pero la vergüenza pronto lo apagó.

—Escúchame tú a mí, Raffaele. Tal vez sea diferente a los demás. Tal vez mi aspecto sea distinto, pero merezco respeto. No soy un mono de feria que esté aquí para entretenerte cuando te aburres.

—Per la Madonna! —exclamó él—. No digas eso.

—¿Por qué no? Es la verdad.

Él juró en voz baja en italiano. Lily nunca lo había visto tan poco contenido.

—¡No puedes pensar eso! No es verdad.

—Da igual, Raffaele. Márchate. Déjame.

—Lily, te prometo que no ha sido así.

—Entonces, ¿cómo ha sido? —le preguntó ella a pesar de saber que era mejor no hacerlo.

—Ha sido... increíble. Mejor de lo que nunca...

—¡No! ¡No te atrevas! —gritó ella, zafándose y tapándose las orejas—. No mientas.

Se dio la vuelta y echó a andar hacia la playa.

En esa ocasión no fue la mano de Raffaele la que la detuvo, sino todo su brazo, que la agarró por la cintura y la apretó contra su cuerpo.

—No te miento. Besarte ha sido lo mejor que he hecho en años.

Lily negó con la cabeza. ¿Cómo iba a mantenerse fuerte después de oír aquello? A pesar de la indignación, se le doblaron las rodillas. Estaba a punto de venirse abajo.

Pero no lo hizo.

—Por supuesto, por eso te apartaste de mí como si te hubieses quemado. Por eso me dijiste que me marchase.

—Te pedí que te marchases porque pensé que merecías algo mejor... de lo que yo puedo darte.

Ella rio con amargura.

—¿Mejor? Debes de estar de broma. Lo que ocurrió es que no te gustó cómo te besé. De repente te acordaste de que estabas besando a la fea de Lily Nolan.

Él volvió a jurar en italiano.

—¿Que no me gustó? No tienes ni idea. ¿Piensas que si no me hubiese gustado habría reaccionado así?

La apretó contra su cuerpo para que notase su erección.

Lily tragó saliva, pensó que era imposible, y se sintió más inexperta que nunca. La sensación hizo que sintiese calor entre los muslos.

—¿Te parece que no te deseo? —rugió Raffaele—. Pues que sepas que me estás volviendo loco.

Después de aquello, le rozó la oreja con los labios, haciendo que Lily se estremeciese de placer.

—No lo entiendo.

—Tal vez seas virgen, pero no puedes ser tan inocente, Lily. Por supuesto que sientes que te deseo.

Ella se puso a temblar de la cabeza a los pies. Lo deseaba tanto que sintió que estaba a punto de estallar.

—Pero me apartaste.

—Por supuesto que te aparté. Porque no estaba bien. Te mereces a alguien mejor.

No obstante, seguía sin soltarla.

—Es la segunda vez que dices eso —comentó ella—. No tiene sentido.

Raffacle tomó aire antes de hablar.

—Eres inocente. Mereces a alguien que pueda apreciar eso, que haga de tu primera vez algo especial.

—¿Y tú no puedes? —preguntó Lily, que en esos momentos no podía desearlo más.

Él se echó a reír. Intentó apartar el brazo de su vientre, pero ella lo agarró con ambas manos.

—No tengo experiencia con la inocencia, Lily. No soy el hombre adecuado para ti.

—No te creo —le dijo ella, girándose y apoyando los pechos en el de él.

La fuerza de su erección le impidió pensar con claridad, pero lo deseaba lo suficiente como para ignorar el orgullo y la cautela.

Metió la mano entre ambos y lo acarició, y el cuerpo de Raffaele reaccionó al instante y él dio un grito ahogado.

—No, Lily —insistió, agarrándola por los hombros—. Necesitas a alguien especial para la primera vez. Y ese no soy yo. No debería ser nadie como yo.

Retrocedió y puso distancia entre ambos. Y ella se sintió sola, perdida.

—No te vayas. Quiero...

–Yo también quiero, pero es lo mejor. Encontrarás a alguien...

–No digas tonterías. No habrá nadie más. No lo ha habido y no lo habrá jamás.

No con esa cara.

Esperó su respuesta, pero Raffaele no respondió.

Rendida, Lily retrocedió y él la dejó marchar.

Estaba agotada.

–Márchate, Raffaele. Ya he tenido suficiente. No te entiendo. Dices que me deseas, pero te niegas a tomarme. Dices que no te importa mi aspecto, pero te importa. Los dos lo sabemos.

Levantó el rostro a propósito para que la luz de la luna lo iluminase.

–Si no te importase, no te contendrías.

Lily quería saber lo que era la pasión, aunque fuese solo una vez. Quería sentirse todo lo cerca que una mujer podía sentirse de un hombre. Y quería que aquello ocurriese con Raffaele. El hombre del que se temía que se había enamorado.

Contuvo un sollozo.

Entró en el bungaló y Raffa la siguió.

–Márchate, por favor –le pidió con desesperación–. Quiero estar sola.

Él cerró la puerta a sus espaldas.

–No puedo...

–Shh. No te preocupes –la tranquilizó Raffa, abrazándola e invadiéndola con su olor.

–Por favor, Raffaele. Por favor, márchate.

A Raffa se le rompió el corazón al oírla rogar.

Odió verla tan vulnerable, tan derrotada. Era la persona más fuerte que conocía. La abrazó.

Aspiró su aroma afrutado, dulce, y pensó que no podía dejarla así, pensando que era su aspecto lo que lo apartaba de ella.

Se dijo que estaba allí por su bien, pero supo que era egoísta. La había seguido porque no había podido marcharse a pesar de saber que no era el hombre que necesitaba.

—No voy a irme a ninguna parte.

—Pero si has dicho... —balbució ella, acariciándole el cuello con los labios, excitándolo aún más.

—Lo que he dicho es cierto. Debería marcharme, pero no puedo. Te deseo demasiado.

Después, se arrepentiría. Y Lily también, pero en esos momentos no podía marcharse.

Nunca había pretendido ser un hombre de honor. ¿Acaso no había vivido y construido su fortuna pensando en el placer? Había aprendido a tomar siempre lo que quería en cuanto se le ofrecía la oportunidad.

Y en esos momentos la quería a ella.

Dobló las rodillas y la tomó en brazos para llevarla a la cama.

Al llegar allí, se dejó caer con Lily en brazos, pero sin aplastarla. No obstante, la sensación de tenerla debajo hizo que le ardiese todo el cuerpo.

—No hace falta que lo hagas —dijo ella, sorprendida y valiente al mismo tiempo.

Y él sintió algo que no reconocía.

—Estás equivocada. Tengo que hacerlo. He intentado no aprovecharme de ti, de verdad que lo he intentado, pero tengo poca fuerza de voluntad.

—Pero...

Raffa la acalló con un beso. Y ella respondió un instante después. Él solo podía pensar en quitarle el bañador y hacerla suya lo antes posible.

«Es virgen. ¿No significa eso nada para ti?».

La idea lo distrajo mientras le bajaba un tirante y un segundo después tenía su pecho, perfecto, delicioso, en la mano. Inclinó la cabeza y lamió el pezón erguido. Había pensado que su sabor era adictivo al besarla, pero aquello... Estaba desesperado.

—Por favor —gimió ella, retorciéndose bajo sus caricias.

Raffa apretó su erección contra la cadera de Lily y pensó que si seguía así llegaría al clímax antes de desnudarla.

Tal vez Lily fuese virgen, pero era una mujer apasionada, y estaba muy excitada.

El orgullo le dijo que estaba desesperada gracias a sus artes amatorias, pero la lógica decretó que influía más su castidad.

Veintiocho años y virgen. La idea hizo que frenase un poco. Él también estaba muy ansioso, después de años sin sentir interés por el sexo. Esa noche era especial para Lily. Tenía que conseguir que fuese perfecta.

No era la persona adecuada para aquella primera vez, pero iba a hacer lo posible por conseguir que fuese especial. Lo que significaba que tenía que centrarse en Lily.

Metió los dedos debajo del otro tirante y ella lo ayudó a bajárselo y suspiró contenta cuando le acarició ambos pechos y después se los llevó a la boca.

Verla tan excitada lo aturdió. Le bajó el bañador con cuidado, tomándose su tiempo, disfrutando de cada curva de su cuerpo y besándola en una rodilla antes de quitárselo del todo.

Después volvió a subir por el interior de un muslo, y del otro, antes de separárselos.

–Por favor –susurró Lily–. Te necesito.

La erección chocaba contra sus pantalones y Raffa deseó arrancárselos e ir directo al grano.

Pero por ese mismo motivo no se desnudó todavía. Porque no se fiaba de sí mismo.

Y porque había otra cosa que deseaba casi tanto como perderse en aquel bello cuerpo: probar el primer orgasmo de Lily con un hombre.

Esta gimió al notar que la besaba allí, que pasaba los dedos por el vello. Raffa acababa de acariciarla con la lengua cuando la notó temblar de éxtasis.

Gritó su nombre con voz ronca y aceptó el placer que Raffaele le proporcionaba, devolviéndoselo por diez. La manera en que su cuerpo se sacudía, su sabor en la boca, eran regalos mucho más valiosos de lo que Raffa había esperado. Y el modo en que lo abrazaba con brazos y piernas, rodeándolo como si no quisiese dejarlo marchar jamás...

Raffa se preguntó si se había sentido antes así.

La respuesta fue un rotundo no.

Con Lily no era el hombre cínico de treinta y tres años que había perdido el interés por las mujeres mucho tiempo atrás debido a su egoísmo y avaricia. Tampoco era el niño que había descubierto el sexo convirtiéndose en el juguete de mujeres mucho mayores. Era alguien nuevo.

Durante años, Raffa había utilizado y había sido utilizado. Había sido un objeto para mujeres y anunciantes que, en realidad, no habían sentido ningún interés por él. Nunca se había sentido tan real como con Lily.

De repente, se dio cuenta de que era mucho mejor dar que recibir. Y que quería complacerla.

También la quería para él, pero quería darle placer.

La acarició con la mano y sintió que volvía a retorcerse. Era tan sensible.

¿Y cómo podía él resistirse a semejante invitación?

No estaba orgulloso de su experiencia con las mujeres, pero esa noche iba a utilizarla para seducir a Lily. Cada caricia, cada beso, cada roce de su cuerpo contra el de ella, tenían el propósito de hacer que su primera sesión de juegos preliminares fuese memorable.

Sus suspiros y gemidos, cada uno de sus orgasmos, hicieron que se sintiese satisfecho. Hasta que se dio cuenta de que estaba agotada.

Y él, muy excitado.

Pero aquella noche era solo de Lily.

Así que hizo un esfuerzo sobrehumano y se tumbó a un lado de la cama para dejarla dormir.

–No te marches.

–¿Estás despierta?

–¿Cómo voy a poder dormir?

–Cierra los ojos y verás cómo te quedas dormida –le aseguró él, acariciándole el pelo y sintiendo ternura, un sentimiento que le resultaba ajeno.

Para su sorpresa, Lily lo agarró con fuerza por la muñeca y, en la oscuridad, Raffa vio brillar sus ojos.

–No hemos terminado. Te deseo, Raffaele. Y no quiero seguir siendo virgen.

Él no recordaba haberse negado nunca algo que desease tanto, pero supo que debía dejarla así para que Lily pudiese esperar a un hombre que algún día le diese, además de sexo, la relación que se merecía.

Hizo amago de moverse, pero sus palabras lo detuvieron.

—No quiero la compasión de nadie, Raffaele. Así que no me hagas sentir así.

Había luz suficiente para que Raffa se diese cuenta de que Lily había tragado saliva antes de añadir:

—Pensé que tú... también me deseabas.

Era evidente que ella no se daba cuenta de cómo le afectaban aquellas palabras.

—¿O solo pretendías no herir mis sentimientos?

—Tienes mucho que aprender de los hombres, tesoro, si piensas que no te deseo —le contestó él, agarrándole la mano y apoyándosela en el pecho para que viese cómo le latía el corazón.

La vio abrir los ojos con sorpresa y sonreír.

—Entonces, demuéstramelo.

Lily empezó a desabrocharle los pantalones y lo obligó a echarse hacia atrás para terminar de quitárselos.

Un momento después estaba junto a la cama, disfrutando de ver a Lily allí tumbada, con el pelo extendido sobre la almohada.

Ningún hombre podía resistirse tanto. Abrió el cajón de la mesita de noche y encontró en él el paquete de preservativos que había a disposición de los clientes.

Poco después estaba tumbado encima de ella, piel con piel, y temblando como si fuese la primera vez.

De hecho, era la primera vez para Lily, y a él le aterraba la idea de no hacerlo bien.

—Tal vez te sientas un poco incómoda —la avisó.

—Quieres decir que podría dolerme.

Lily se echó a reír.

—No te preocupes, no voy a romperme.

Lily bajó la mano para buscar su erección y él se apartó porque sabía que no lo podría aguantar, y la penetró.

Ella no gritó de dolor ni de miedo, fue solo un momento de tensión y después, el cielo.

Raffa había contenido la respiración. Intentó volver a respirar y tranquilizarse, pero Lily lo confundía. Lo abrazó y levantó las piernas para aferrarse a él.

—Sí —le susurró al oído—. Así. Por favor.

Y Raffa no necesitó más, se dejó llevar hasta que el mundo desapareció a su alrededor.

Capítulo 11

NO SUPO qué lo había despertado, pero por una vez en su vida Raffa no tuvo ganas de levantarse. Se quedó tumbado, con los ojos cerrados, disfrutando la sensación de estar allí, saciado.

Solía levantarse rápidamente, decidido a enfrentarse a cada día, pero aquel era diferente.

Se estiró e, inmediatamente, se quedó inmóvil al tocar un cuerpo desnudo, suave.

Lily.

Abrió los ojos y se encontró con los suyos, muy serios, inquisitorios.

No podía creerlo.

Había pasado la noche en la cama de Lily Nolan.

Era la primera vez que pasaba la noche con una mujer.

Entonces lo recordó todo. A Lily llegando al orgasmo una y otra vez, y a él mismo fuera de control.

Tomó aire y bajó la mano para encontrarse con su cintura. Fue entonces cuando se dio cuenta de que había pasado toda la noche abrazado a ella, como si no quisiese dejarla marchar ni en sueños.

Por si fuese poco, estaba excitado.

—Veo que no esperabas verme —comentó ella en tono anodino.

Pero Raffa notó que se ponía tensa y que el esbozo de sonrisa que había en sus labios se apagaba.

Él, que iba a apartar la pierna de su cuerpo, se frenó.

—No esperaba ver a nadie. Siempre duermo solo —replicó.

No le gustaba tener que dar explicaciones.

—En ese caso, tenías que haberte marchado anoche. Estás en mi cama. Y, por si no lo recuerdas, yo no te invité a venir.

—Lo recuerdo.

Lily lo había puesto furioso, lo había preocupado, y había complicado algo que tenía que haber sido solo sexo. Raffa se había sentido como un cretino al pedirle que se marchase. Y había terminado pasando la noche con ella.

En esos momentos, Lily lo miraba casi con desprecio.

—Ya va siendo hora de que te marches. Se está haciendo tarde.

A Raffa no le gustaron los recuerdos que aquellas palabras le traían. Hacía años que una mujer no lo echaba porque ya no requería sus servicios.

Sintió resentimiento, se volvió a sentir joven y frustrado por permitir que lo utilizasen, pero apartó aquellos recuerdos de su mente.

—¿Por qué? —preguntó—. ¿Te da vergüenza que me vean saliendo de tu habitación a estas horas de la mañana?

Ella abrió mucho los ojos.

—Lo que pretendo es más bien salvar tu reputación. Seguro que prefieres que nadie sepa que has pasado la noche aquí.

Mientras hablaba, Lily había levantado la mano y se había apartado el pelo del rostro.

Al instante, la indignación de Raffa se desintegró.

Incluso después de la noche anterior, después de haberle demostrado a Lily una y otra vez lo bella que era, cuánto la deseaba, esta seguía sin creerlo.

—¿Piensas que siento rechazo por tu rostro? —le preguntó en un susurro, con los ojos muy brillantes.

Lily casi se puso nerviosa, pero no tenía por qué. Había pasado una noche que jamás había pensado que disfrutaría, descubriendo cómo era tener relaciones íntimas con el único hombre que la tentaba a bajar la guardia. Le había encantado cada minuto con él y lo recordaría siempre.

Pero se había terminado. Había terminado cuando Raffaele había abierto los ojos y había retrocedido.

Era el momento de seguir adelante.

De todos modos, no esperaba que Raffaele quisiese tener una relación con ella.

—Pienso que es un nuevo día y que ha llegado el momento de terminar con esta...

Lily no sabía qué palabra utilizar para describir la noche anterior. Sobre todo, porque los dos seguían desnudos y en la cama.

—Dices eso porque tienes miedo.

—¿Miedo? —repitió ella—. ¿De qué?

—De que lo de anoche fuese real.

Raffa evitó que protestase levantando una mano y acariciándole la cicatriz de la cara.

A Lily se le aceleró el pulso.

—No. No hace falta...

Él sacudió la cabeza y Lily vio ternura en su mirada.

—Sí que hace falta, Lily —la contradijo, acercándose.

Lily sintió su aliento en los labios y cerró los ojos para esperar el beso. Estaba enfadada y dolida, pero no podía evitar responder.

Para su sorpresa, notó el beso, no en los labios, sino en la mejilla. Su fea y desfigurada mejilla.

Retrocedió y lo apartó, pero él siguió allí, besándola en la frente, bajando por la mejilla hasta la mandíbula. Recorriendo cada centímetro de su rostro.

Lily se quedó sin respiración. No podía alejarse, Raffaele la tenía aprisionada con su cuerpo.

Sintió dolor en el pecho, un dolor que le subía por la garganta.

Y por fin él se apartó y pudo respirar, y entonces aspiró el olor a especias y a almizcle de Raffaele.

Aquello era demasiado. Lily no podía más. Notó que los ojos se le llenaban de lágrimas, que se le contraía la garganta.

Desesperada, lo empujó con ambas manos y debió de sorprenderlo, porque consiguió desplazarlo lo suficiente como para escapar. Se sentó, agarró la sábana y...

—Deja de huir.

Lily se quedó inmóvil, cerró los ojos e intentó tranquilizarse.

—No estoy huyendo. Es que no me gusta que finjas...

—¿Que finja el qué? ¿Que me atraes? ¿Que no me asusta que tengas una marca en la cara?

¡Una marca!

–¡Sí! –replicó ella, girándose a mirarlo–. No quiero que finjas más. Aunque te agradezco lo que hiciste anoche, no pienses que no.

Lily había esperado algo rápido y superficial, no toda una noche de pasión.

–Aprendes despacio, Lily. ¿Cuántas veces tengo que demostrarte que no me importa tu cicatriz?

Hizo una pausa, la miró fijamente y sacudió la cabeza.

–Te escondes detrás de eso, ¿verdad? Lo utilizas de excusa.

–No sé de qué estás hablando –respondió ella, desesperada, acercándose más al borde de la cama.

–Es más fácil fingir que es la cicatriz lo que te impide vivir, que aceptar que eres tú la que no quiere hacerlo. Porque eres una cobarde.

Lily se quedó inmóvil.

¿Qué quería de ella aquel hombre?

¿Cuántas veces tenía que ponerse a prueba?

Había abandonado su refugio para viajar a la otra punta del mundo por su insistencia. Se había puesto la ropa que él había comprado. Había nadado por primera vez en años. Se había sentado en público, dejando al descubierto su cara y su cuerpo. Raffa había hecho que quisiese cumplir con sus expectativas, como si se hubiese dado cuenta de que era más fuerte de lo que pensaba.

Y, para terminar, le había entregado su virginidad, le había rogado que la tomase.

–Me intentas echar porque no quieres admitir que quieres más de mí.

Lily cerró los ojos y agachó la cabeza. ¿Cómo era posible que lo supiera? ¿Tan transparente era?

–¿Por qué dices eso? –preguntó.

–Porque yo siento lo mismo.

Sorprendida, Lily se giró y vio a Raffaele serio. ¡Como si realmente sintiese lo mismo que ella!

–No lo entiendo.

Él se echó a reír.

–Yo tampoco. Solo sé que no quiero apartarme de ti todavía y que tú tampoco lo quieres.

Lily frunció el ceño, sintió esperanza y miedo.

–Pues no te veo muy emocionado con la idea.

–No era lo que había planeado.

Ella asintió. Lo comprendía. Sabía lo que era tener un plan y ceñirse a él hasta conseguir un objetivo. Era así como había vivido su vida, de manera agradable, ordenada.

Hasta que Raffaele había aparecido en ella. Desde entonces, Lily había tenido que salir de su zona de confort.

Entonces se dio cuenta de que lo había disfrutado. Raffaele la había sacado de su refugio para que empezase a vivir de verdad, con todos los riesgos, miedos y triunfos. No la había tratado con cuidado. La había retado y ella había respondido.

Una mano firme le agarró la suya.

–Tal vez vaya siendo hora de hacer algo que no esté planeado y ver qué ocurre.

Lily no supo si hablaba de ella o de sí mismo.

–Te reto –murmuró Raffaele.

–¿A qué? ¿A que tengamos una aventura? –le preguntó ella.

Parecía tan puritana. Tan tensa. No se parecía en nada a la mujer que se había derretido entre sus brazos.

Raffaele se acercó más.

–Llámalo como quieras, pero yo quiero más. Salvo que a ti te dé miedo.

Por supuesto que tenía miedo. ¿Quién sabía qué podría ocurrir si cedía a la tentación?

Sintió calor en el estómago. Emoción. Deseo. Ansia.

Y algo más en el corazón. No podía ser amor de verdad. Había pasado muy poco tiempo. Además, con un hombre que no era para ella a largo plazo. Aunque a corto plazo...

–No tengo miedo –dijo.

Al menos, no le tembló la voz.

Él sonrió.

–Demuéstramelo. Ahora.

La soltó y se tumbó boca arriba sobre las sábanas arrugadas.

–Apártate el pelo.

Lily odiaba que le diesen órdenes, pero lo hizo porque sabía que Raffaele se sentía igual que ella. Tomó unas horquillas de la mesita de noche y se recogió el pelo.

–Y toma un preservativo. Están en la mesa.

Ella se giró, tomó un envoltorio y lo abrió.

¿Quién habría pensado veinticuatro horas antes que estaría haciendo aquello? Se echó a reír, pero entonces vio a Raffaele observándola y se puso seria.

Abrió la boca para decir que nunca había puesto un preservativo, pero se dio cuenta de que Raffaele ya lo sabía y que la estaba retando.

Respiró hondo, se arrodilló a su lado y se concentró en la tarea.

–¿Te he hecho daño? –preguntó al terminar, al verlo con la mandíbula apretada.

–En absoluto. Puedes continuar con lo que estabas haciendo.

Ella lo acarició y se dio cuenta de que la tensión de su rostro era debida al placer que le estaba proporcionando.

Era increíble pensar que ella, Lily Nolan, estaba seduciendo a Raffaele Petri. Y que este quería que estuviese allí, acariciándolo aunque fuese con cierta torpeza. Que la deseaba.

Lily sintió calor por todo el cuerpo, se colocó encima de él hasta que sus cuerpos se tocaron y lo ayudó a que la penetrase lentamente.

Estaba siendo como la noche anterior, pero diferente. Lily estaba invadida por la emoción.

El sol de la mañana le acarició el rostro, vio la mirada de su amante y se sintió triunfante, especial, incluso bella.

Si hubiese podido habría guardado embotellado aquel momento para siempre, pero enseguida pasó y ambos empezaron a moverse con impaciencia. Raffaele la agarró de las caderas mientras ella se movía contra su cuerpo, la sujetó cuando notó que temblaba, pero dejó que fuese Lily la que marcara el ritmo.

Y a ella le fascinó ver cómo apretaba la mandíbula, cómo subía y bajaba su pecho al respirar con dificultad, cómo gemía de repente.

Pensó que quería devolverle todo el placer que él le había dado la noche anterior. Tomó su mano y se la puso en el pecho para que la acariciase. Aceleró el ritmo de los movimientos y él la siguió.

Estaba al borde del abismo y Lily se sintió orgullosa. Se acercó todavía más a él y le susurró:

–Quiero ver cómo llegas al orgasmo, Raffaele.

Hubo un instante de silencio. Él parpadeó y entonces Lily lo sintió y llegó al clímax ella también.

Sus cuerpos se sacudieron juntos hasta que ambos se quedaron inmóviles, saciados. Entonces Raffaele le dio un beso, un beso distinto a los anteriores. Lento y tierno. Y Lily se dio cuenta de que había terminado de bajar todas las barreras con él.

Capítulo 12

RAFFA miró hacia el otro lado del patio, al hombre que había ido a ver.

Al hombre que había ido a arruinar.

Se sintió triunfante. Pronto iba a vengar a Gabriella.

No obstante, le costaba disfrutar del momento porque se sentía culpable.

Había cometido un error al llevar a Lily allí para que viese la casa. Bradshaw había puesto gesto de sorpresa al verle la cicatriz de la cara y después había empezado a tener un comportamiento demasiado solícito.

Lily se había puesto un poco tensa, pero él había preferido no intervenir porque había pensado que era lo mejor.

—Es una casa con mucho encanto —murmuró ella—. Me gustan sobre todo las enormes ventanas con contraventanas.

Bradshaw sonrió de oreja a oreja y les dedicó un monólogo acerca de la propiedad.

Era muy bonita, pero estaba descuidada. Había que darle una buena mano de pintura y faltaban muebles y cuadros que el otro hombre debía de haber vendido.

Si hubiese sido su casa familiar, Raffa la habría cuidado más.

Pero él no había heredado nada más que su cara. Y los rasgos de personalidad de su familia. Todo el mundo sabía que las mujeres habían sido unas santas y los hombres, unos pecadores, unos canallas muy guapos que tentaban a las mujeres hasta dejarlas embarazadas, o incluso casarse con ellas, para después abandonarlas.

No era de extrañar que él hubiese terminado así.

—¿Disculpe? —dijo, al darse cuenta de que Bradshaw le había dicho algo que no había oído.

—El señor Bradshaw se estaba ofreciendo a enseñarte la casa —le dijo Lily.

—Si prefiere entrar e ir directo al negocio —comentó el otro hombre, nervioso—. Podemos dejar aquí a las señoras.

Mientras decía aquello último salió una mujer del interior de la casa.

Era rubia, estaba muy bronceaba, iba vestida de manera demasiado elegante y llevaba una pulsera de diamantes.

Olga Antakova. Una exmodelo.

—Raffa. Hacía siglos que no nos veíamos.

Él recordó la última vez, se la había encontrado dentro de su limusina, vestida solo con un abrigo de piel, y la había echado de allí.

—Olga —la saludó—. Te presento a Lily Nolan.

Dijo el nombre de Lily en tono cariñoso y la otra mujer puso gesto de sorpresa.

—¿Cómo está, señorita Antakova? ¿O prefiere que la llame Olga?

Lily miró a Raffa con impaciencia, como si se estuviese preguntando por qué no iba directo al grano ya.

Él se puso en pie, diciéndose que Lily podía cuidarse sola.

Dejó su copa y se giró hacia el otro hombre.

—Después de usted, Bradshaw.

Olga hablaba sin parar y Lily no había tardado en darse cuenta de que le bastaba con que ella asintiese de vez en cuando.

Le había puesto nerviosa tener que ir allí. A pesar de que cada vez se sentía más segura de sí misma, seguía sin gustarle estar con extraños, pero había decidido no esconderse más.

En realidad, estar allí con Raffaele la hacía feliz. ¿Debería preocuparle eso? La suya era una relación a corto plazo. No obstante, se sentía valorada y especial a su lado.

¿Qué más le daba que Bradshaw hubiese apartado la mirada de su rostro? Y con respecto a Olga, habría despreciado a cualquier mujer que no fuese tan glamurosa como ella.

A ella el que le preocupaba era Raffaele. Lo había visto tenso y no entendía por qué era tan importante aquel acuerdo.

—Entonces, ¿Raffa es tu jefe? —preguntó Olga sin esperar a oír la respuesta—. ¿Ha venido a hacer un trato con Robert?

—Raffaele no me informa de sus planes —respondió ella.

—No, es muy reservado —comentó Olga, apretando los labios—, pero seguro que tú sabes algo.

—No puedo hablar de ello. En mi contrato hay una cláusula de total confidencialidad.

La otra mujer la miró fijamente.

–Y no vas a contarme nada porque estás enamorada de él, ¿verdad?

–¿Cómo? –preguntó Lily, horrorizada.

–Te muestras protectora con él –continuó Olga riendo–. Como si necesitase tu protección.

Lily dejó su copa y se dio cuenta de que Olga tenía razón, estaba enamorada de Raffaele. Había intentado convencerse a sí misma de que no era verdad, pero en realidad no podía negarlo.

–Tienes mucha imaginación –comentó.

–También me he dado cuenta por cómo lo miras cuando no se da cuenta. Te lo comes con los ojos.

Lily no pudo negarlo. ¿Tanto se le notaba? Se encogió de hombros.

–Es el hombre más atractivo que he conocido. ¿Por qué no iba a mirarlo? Pero no es mi tipo.

–Seamos sinceras. Es el tipo de cualquier mujer. Habría que estar ciega para no fijarse en él y, aun estando ciega, utilizaría sus artes para conseguir lo que quiere.

Lily no hizo ningún comentario al respecto. Se dijo que estaba agradecida por la experiencia que estaba viviendo con Raffaele. Por cómo la hacía sentirse...

Entonces se dio cuenta de lo que había en la mirada de Olga. Eran celos.

–¿Raffaele te rechazó, verdad?

Las palabras de Lily hicieron que Raffa se detuviese en la puerta.

Había dejado a Bradshaw llamando a su abogado

después de decirle que el día siguiente era la fecha límite para que accediese a sus condiciones. Había terminado lo antes posible con el otro hombre porque no quería que Lily estuviese a solas con Olga Antakova.

Lo que no había esperado era que Lily le tomase la delantera a la otra mujer.

—¿Rechazarme? No le he dado nunca la oportunidad. Tengo demasiado gusto como para fijarme en un hombre así.

—¿Un hombre así? Raffaele es muy atractivo.

A él le gustó oír aquello.

—A mí me gustan los hombres con más clase —continuó Olga.

—Yo no pienso que haya ningún hombre con más clase que él. Tiene talento y éxito, pero también es un hombre decente. Y bueno. No se puede decir eso de todos los hombres de negocio.

¿Decente? ¿Bueno?

Era la primera vez que Raffa oía que decían eso de él.

—¿Te atrae su tumultuoso pasado? —inquirió Olga—. Yo prefiero un caballero.

—Supongo que con eso de caballero te refieres a un hombre que no haya trabajado nunca para llegar adonde está —contraatacó Lily—. A mí me impresiona más alguien que se ha ganado lo que tiene. Lo encuentro admirable.

Raffa no pudo evitar que se le acelerase el pulso.

Era la primera vez que alguien lo defendía.

Después de Gabriella.

Se sintió... No supo cómo describirlo. Estaba emocionado.

—Sí, Raffa tuvo que trabajar mucho, pero no en lo que imaginas —insistió Olga—. Alguien que lo conoció de joven, en Italia, me contó...

Raffa salió al patio, haciendo que Olga se interrumpiese.

—¿Compartiendo recuerdos, señoras? —dijo, arqueando una ceja.

Pero Olga no dijo nada. No era lo suficientemente valiente para atacarlo directamente.

Él miró a Lily y se dio cuenta de que estaba enfadada. Apoyó una mano en su hombro y notó que se relajaba.

—Olga me estaba hablando de alguien que te conoció en Italia.

—¿De verdad? ¿Cómo se llamaba?

Olga apartó la mirada de la de él.

—Da igual. No estaba segura de que fueses tú.

Raffa no dijo nada, pero sintió náuseas.

Quería marcharse de allí cuanto antes.

—¿Nos vamos? —le preguntó a Lily.

—Por supuesto. Adiós, Olga.

Raffa bajó la mano de su hombro para que se pusiese en pie, y después entrelazó los dedos con los suyos.

Cuando se habían alejado un poco, Lily le preguntó en un susurro:

—¿Quieres que se den cuenta de que no somos solo colegas?

—¿Acaso importa? No me avergüenzo de ti, Lily. Ni de nosotros.

Aunque no pudo evitar pensar que ella sí se sentiría avergonzada de él si se enteraba de su pasado.

Lily le apretó los dedos y Raffa se sintió bien.

Apartó la mano de la suya y la abrazó por los hombros, apretándola contra su cuerpo.

Ella sonrió y a Raffa se le encogió el pecho.

La hizo girarse y, sabiendo que podían verlos desde la casa, inclinó la cabeza para darle un beso.

Cuando llegaron al bungaló de Raffa, Lily estaba sin aliento.

—Así que me encuentras increíblemente atractivo, ¿no? —le preguntó Raffa.

—Ya sabes que sí —respondió ella—. No es ninguna novedad. Lo sabes desde hace tiempo.

Él pensó que no tanto, Lily había intentado ocultar que le gustaba durante mucho tiempo.

—¿Por qué sonríes? —le preguntó, apoyando las manos en su pecho.

—Porque no puedo creer que te necesite tanto —admitió Raffa. Y no se refería solo al sexo.

No obstante, volvió a hacerle el amor e incluso tuvo que ser ella quién le recordase que tenían que utilizar protección. Nunca había estado tan cerca de olvidarlo.

Lily Nolan le afectaba como no lo había hecho ninguna otra mujer. Por primera vez, alguien tenía poder sobre él, aunque no fuese consciente de ello.

Intentó convencerse de que era imposible, pero antes de quedarse dormido la abrazó y sonrió al notar cómo se aferraba ella a su cuerpo.

Capítulo 13

¿CÓMO era posible que Lily le hubiese parecido una mujer normal y corriente? Los ojos le brillaban con la luz del atardecer y su pelo parecía de bronce. Estaban tumbados en la playa, cansados después de nadar y del sexo. La pequeña playa que Raffa había descubierto más allá del complejo estaba desierta y la habían hecho suya.

Le costaba creer que unas horas antes hubiesen estado en casa de Bradshaw. Tenía la sensación de que había pasado mucho tiempo.

—Olga te llamó Raffa. ¿Os conocéis mucho? —preguntó Lily, sorprendiéndolo.

Ella nunca lo llamaba así, pero decía su nombre de una manera que resultaba muy íntima.

—No. Nunca —respondió él—. Nos conocimos en una sesión de fotos. Después, se metió en mi limusina sin que yo la invitase e intentó seducirme.

Lily dio un grito ahogado y él contuvo una sonrisa.

—No es broma, ¿verdad?

Raffa negó con la cabeza.

—Supongo que estás acostumbrado a que las mujeres se lancen a tus brazos.

—Pero muchas veces no lo hacen por mí, sino porque les gusta mi estatus. Lo que quería Olga era dinero, no a mí.

Lily asintió.

—Al menos conmigo no tienes ese problema, sabes que solo quiero tu cuerpo.

—En ese caso, estamos iguales —le dijo él.

Aunque Raffa no podía dejar de sentir aquella extraña sensación de que, solo con mirarla, se sentía completo.

—¿Qué te pasa? —le preguntó ella.

Nadie se había preocupado por él desde Gabriella. Y le costaba aceptarlo.

—Nada.

Lily lo miró fijamente.

—¿Ha sido algo que Olga ha dicho? ¿Lo de cómo te ganabas la vida?

«Ojalá fuese así de simple», pensó él.

—¿Raffaele? —insistió ella—. ¿A qué te dedicabas en Italia?

Él dudó, bajó la mirada.

—Creo que va siendo hora de que volvamos —dijo Lily al ver que no respondía.

—Tenía sexo con mujeres a cambio de dinero.

Lily levantó la cabeza al oír aquello.

—Por eso se te da tan bien —dijo—. Supongo que ganaste una fortuna.

La respuesta de Lily fue tan inusitada que a Raffa le entraron ganas de echarse a reír.

—Una fortuna, no, pero sí lo suficiente para comer, vestirme y salir de las cloacas —admitió, teniendo que hacer un gran esfuerzo.

—No me imagino lo que es vivir en la pobreza de verdad.

Raffa se tragó lo que iba a decir, que la pobreza podía llevar a uno a hacer cosas terribles, cosas que después podía lamentar.

–¿No te importa? –le preguntó a Lily.

–Forma parte del pasado. No me puede importar.

Él siguió sorprendido. Aquello no tenía sentido.

–Con dieciocho años conocí a una mujer que sabía de alguien que necesitaba un modelo, y así fue como empecé a modelar.

–Entonces, lo otro... no lo hiciste durante mucho tiempo, ¿no?

–Sí, empecé cuando tenía casi quince años.

–¿Casi quince? –repitió ella sorprendida–. Eso es... ¡horrible! Es explotación infantil. ¿No había nadie para protegerte?

–Parecía mayor –dijo Raffa después de unos segundos.

–La edad que aparentases da igual. Eras un niño –insistió ella, enfadada, pero no con él–. ¿Y tu familia?

–No tenía –admitió él, sentándose en la arena.

–Lo siento.

Raffa pensó que podría acostumbrarse a la comprensión de Lily.

–Hace mucho tiempo. Nuestro padre se marchó cuando yo era un bebé, no sé si seguirá vivo. Y mamá murió cuando yo tenía nueve años.

–¿Y tus hermanos?

–Mi hermana, Gabriella, murió cuando yo tenía doce años. Después me llevaron a un orfanato, pero me escapaba una y otra vez. Pasaba casi todo el tiempo en la calle.

–¿Y te trataban bien? –preguntó Lily, acercándose más a él.

–Lo suficientemente bien.

–¿Pero?

Él la miró a los ojos.

–Que yo solo quería encontrar al hombre que había matado a mi hermana –le confesó, sintiéndose de repente como si le hubiesen quitado un peso de encima.

–¿Qué ocurrió? –quiso saber Lily.

–Gabriella se parecía a nuestra abuela, que había sido actriz en Francia. Era preciosa.

«Como tú», pensó Lily.

–Siempre había llamado la atención de los hombres, pero era una chica reservada, que no salía nunca ni tenía novio. Hasta aquella noche, que la invitaron a una fiesta en un barco, y fue.

–¿Fue porque el hombre en cuestión era especial?

–No, fue por mí. Nos habíamos enfadado porque decía que no le gustaban mis compañías. Gabriella solo tenía dieciocho años y tenía que lidiar con un niño muy rebelde. Así que aquella noche se hartó y fue a aquella fiesta en un yate. Al día siguiente la encontraron flotando en el mar. Me dijeron que había muerto de una sobredosis.

Lily contuvo la respiración, horrorizada.

–No fue culpa tuya –dijo por fin, sentándose lentamente.

–Si no hubiese sido por mí, no habría subido a aquel yate –respondió él en voz baja–. Estoy seguro de que la drogaron para aprovecharse de ella.

–¿Y viste al hombre con el que estuvo?

Raffaele asintió.

–Se lo conté a la policía, pero no me creyeron. El yate ya se había ido, pero yo seguí buscándolo año tras año.

–Pero no volviste a verlo.

–Sí, lo encontré. A principios de este mismo año. Y me enteré de cómo se llamaba: Robert Bradshaw.

Lily se quedó sin habla.

–¿El mismo...?

De repente, encajaron todas las piezas del puzle.

–¿Y cómo es que quieres trabajar con él?

–En realidad quiero matarlo.

–Pero no puedes estar seguro de que fuese el responsable de la muerte de tu hermana. Podría haber sido otra persona.

–Era su barco, su fiesta. Y el que miraba a Gabriella con deseo. Aunque no la drogase él, era responsable de su seguridad.

Lily estaba de acuerdo en aquello.

–¿Y cómo puedes trabajar con él? –le preguntó, estremeciéndose.

–Porque voy a ahogarlo. Desde un punto de vista económico, por supuesto.

–Quieres vengarte.

–A mí me parece más bien justicia –respondió Raffa con la mirada clavada en el horizonte.

Lily se frotó los brazos, tenía frío.

–¿Cómo vas a hacer justicia dándole el dinero necesario para renovar el complejo?

Él sonrió como un depredador, y Lily se alegró de no ser ella su presa.

–Bradshaw está tan cegado con la idea de ganar

dinero que no se da cuenta de que está tan endeu-
dado que tendrá que entregarme prácticamente toda
la isla para que yo lo ayude a pagar sus deudas.

—Bueno, esa es la idea, cederte parte del complejo
y que tú lo renueves, ¿no?

—Lo de que yo voy a renovarlo no aparece en el
contrato.

—Y no tienes prisa en hacerlo, ¿no? ¿Qué vas a
hacer entonces?

—¿Cuando Bradshaw haya firmado? Absoluta-
mente nada.

Lily frunció el ceño.

—¿Y tus planes de renovar el complejo?

—¿Planes? ¿Qué planes?

Ella lo miró confundida.

—Tengo ideas, pero no pienso ponerlas en práctica
para que Bradshaw se beneficie de ellas.

—¿Y todos los trabajadores?

—Tendrán que encontrar otro trabajo.

—No hay nada más aquí.

—Pues se trasladarán, no les quedará otra opción.

—No puedes estar hablando en serio.

Raffaele frunció el ceño.

—Por supuesto que sí. Solo voy a comprar este
lugar para destruir a Bradshaw.

A Lily se le encogió el estómago.

Había pensado que Raffaele era un hombre admirable. De hecho, había creído estar enamorada de él.
Había sufrido escuchando la historia de su pasado,
pero... Sintió ganas de hacerse un ovillo, aunque se
puso en pie, con los brazos en jarras.

—La mayoría de esta gente ha vivido aquí siempre.

Raffaele se encogió de hombros.

–Son los daños colaterales. Los ayudaré a instalarse en otra parte. No es para tanto.

«Daños colaterales». Las consecuencias sin importancia de un acto.

Lily sabía bien lo que eran los daños colaterales. Era lo que había sufrido ella el día que Tyson Grady había decidido vengarse de su novia, que lo había dejado. Y había conseguido su objetivo. Rachel no había podido salir con ningún otro chico. Había fallecido después de que Tyson le tirase ácido en la cara. Y Lily... Lily había sufrido por estar en el momento y en el lugar equivocados.

Sintió náuseas. No le gustaban los hombres arrogantes decididos a hacer venganza.

–¿Que no es para tanto? ¡Esta es su casa! –le dijo, mirándolo a los ojos y viendo determinación en ellos–. ¿Es que eso no significa nada para ti?

–Construirán su casa en otro lugar. Lo importante es que Bradshaw tenga lo que se merece. Arruinarlo económicamente no es suficiente. Da gracias de que no me tome la justicia por mi mano –comentó Raffa con los ojos brillantes.

Lily dejó caer las manos, se rindió. Bradshaw no era el único al que habían engañado. Sintió frío de repente, a pesar del calor del sol y de la arena.

–Pensé que te conocía –susurró–. Pensé que eras...

Se le cerró la garganta y no pudo continuar.

Pensaba que Raffaele había conseguido superar el dolor y el pasado hasta convertirse en alguien especial. Pensaba que era un hombre bueno y cariñoso porque a ella la había ayudado, pero lo cierto era que Raffaele Petri era un hombre duro y despiadado. ¿Cómo podía haberse equivocado tanto?

–¿Lily? ¿Adónde vas?

Ella alargó un brazo para detenerlo cuando vio que Raffaele se iba a acercar. Luego avanzó a trompicones por la suave arena, torpe en sus prisas por marchar.

Capítulo 14

Dannazione! Habían pasado doce horas y Raffa todavía no había conseguido relajarse. Recorrió el camino que llevaba a la colina que había en el centro de la isla para aplacar el enfado que tenía desde la escena ocurrida el día anterior con Lily.

¡Mujeres!

Tan pronto lo miraba con compresión como lo trataba como si fuese un monstruo.

La idea lo incomodó. Se había acostumbrado a sus sonrisas. Incluso la había oído defenderlo delante de Olga, cosa que lo había emocionado mucho.

Bradshaw era el monstruo. ¿De cuántas mujeres habría abusado?

Salió de la arboleda y llegó a la cima. Tenía el mar a sus pies, teñido con los reflejos rosados y anaranjados del amanecer. La mansión de Bradshaw estaba rodeada por un halo dorado. Al otro lado todavía dormía el complejo turístico.

No obstante, había alguien más levantado. Vio una figura minúscula andando por la arena blanca, sumergiéndose en el agua.

Lily. Nadie más nadaba a esas horas. Por eso había ido él isla adentro.

Se quedó inmóvil y tuvo que hacer un esfuerzo por respirar. No tenía el corazón acelerado por el

ejercicio físico, sino porque se acababa de dar cuenta
de que había ido allí para evitarla.

Frunció el ceño. De niño había aprendido en la
calle a no darle nunca la espalda a lo peligroso o
desagradable.

Si había un problema era mejor enfrentarse a él que
esperar a que se resolviese solo por arte de magia.

Y ella era un problema. Lily, la mujer que había
despertado en él nuevos sentimientos.

Raffa se había pasado la noche queriendo hacer
algo, decir algo, para conseguir que Lily dejase de
fruncir el ceño y volviese a sonreírle.

¿Pero cómo iba a cambiar de planes para que los
locales no tuviesen que cambiar de casa? De todos
modos, iban a estar mejor en una isla más grande,
con más oportunidades laborales y mejores servicios. Él se aseguraría de que encontrasen otro hogar
y después seguro que le agradecían que les hubiese
dado otras oportunidades.

Lily era demasiado sentimental. Si había problemas con el traslado, él los solucionaría. No era como
Bradshaw, que utilizaba a las personas.

No obstante, continuó con la duda. Que no hubiese tenido nunca un hogar no le permitía infravalo-
rar su importancia.

Se cruzó de brazos. No eran más que sentimenta-
lismos.

Él nunca había sentido que tuviese un «hogar». Ni
siquiera antes de la muerte de su madre, dado que
esta tenía que trabajar mucho para mantenerlos. Se
había criado en una serie de habitaciones, a cuál más
deprimente que la siguiente. Su hogar había sido su
hermana.

No obstante, aquello no lo tranquilizó.

Se sentía como cuando, de niño, miraba por las ventanas y veía a otras familias vivir felices y sabía que su vida no era así.

Lily también lo hacía sentirse como un extraño.

Tomó aire y aspiró el olor a naturaleza. El olor dulce de las flores le recordó a Lily. Esta había conseguido hacerse un lugar en su vida, además de en su cama. La idea hizo que se tambalease.

Lily le importaba.

Se había abierto a ella y le había contado cosas que no había compartido con nadie más. Y había hecho todavía más, había confiado en Lily.

Por eso la había dejado entrar en su vida. Por eso le dolía que lo hubiese rechazado.

La noche anterior había esperado que fuese a disculparse por haberlo abandonado, que hubiese ido a admitir que se había equivocado.

Raffa la había echado de menos.

Y, lo que era peor, había tenido el mismo dolor en el pecho que cuando Gabriella había muerto.

Aquello no tenía sentido. Solo hacía un par de meses que conocía a Lily. Era cierto que esta había sufrido mucho y él sentía la necesidad de protegerla. Admiraba su cabeza, su descaro y su rebeldía. Y su cuerpo. Y su risa.

Y cómo se le rompía la voz cuando estaban en la cama. Y cómo se acurrucaba contra él mientras dormía. Porque lo quería a él, no por su dinero ni por su reputación.

Le importaba. Lo que significaba que iba a intentar arreglar aquello. Si no lo había hecho ya debía de ser porque estaba nerviosa. Raffa entendía incluso que se sintiese intimidada.

Se le aceleró el pulso de pensarlo.

La vio emerger del agua en la distancia y cruzar la playa para volver a su habitación.

Él se dio la media vuelta para retomar el camino a paso ligero.

—¿Lily?

Empujó la puerta y entró. El salón estaba vacío, las contraventanas abiertas para dejar entrar el aire. El ordenador encendido sobre la mesita de café, junto a un regaliz. Raffa sonrió, la había visto morderlo mientras trabajaba, sobre todo, cuando estaba nerviosa.

¿La pondría nerviosa enfrentarse a él? ¿Sería ese el motivo por el que no había ido a verlo?

Atravesó la habitación y oyó la ducha. Se la imaginó desnuda y embadurnada de jabón, se imaginó terminando la discusión en la cama.

Pero se dio la media vuelta. No estaba allí por el sexo. No sabía lo que había entre ambos, pero estaba decidido a averiguarlo. Y para hacerlo tenían que hablar.

Frunció el ceño. No estaba acostumbrado a aquello y se sentía incómodo.

Nervioso, paseó por el salón y después se sentó y tomó el ordenador portátil. Leería el trabajo que Lily hubiese hecho la noche anterior. El trato con Bradshaw se cerraría en unas horas, pero Lily seguía trabajando.

En la pantalla no había un informe, sino un correo electrónico. Raffa iba a cerrarlo cuando leyó: *Acuerdo relativo a la isla. Urgente.*

Pensó que podía ser importante, así que lo leyó:

Su informe me ha parecido excelente. Necesito más información cuanto antes, en especial, relativa a la contraoferta. ¿Qué más puede averiguar? Le daré una bonificación si me puede conseguir la información y firmamos el contrato, y la invitaré a pasar una semana en el complejo.

De Laurentis

Raffa se puso tenso, apretó los dientes. De Laurentis le había arrebatado un contrato dos años antes en Grecia y le estaba pidiendo información a Lily con respecto a una contraoferta.

De Laurentis. Y Lily.

Lily le estaba dando información a De Laurentis para que este firmase en lugar de Raffa el contrato con Bradshaw. Le iban a impedir que se vengase.

−¿Raffaele?

Lily se tapó con la toalla, nerviosa.

Se había pasado la noche sin dormir, deseando ir a hablar con él, deseando que las cosas volviesen a ser como antes, pero no lo había hecho porque le parecía que los planes de Raffaele no estaban bien y si iba a su bungaló la seduciría.

Tragó saliva.

Pero si estaba allí era porque quería hablar.

−¿Raffaele?

Él giró la cabeza, pero no había ternura ni comprensión en su mirada, sino algo que le puso la piel de gallina.

Raffaele apartó el ordenador y se puso en pie. Era evidente que estaba furioso.

—Veo que has estado ocupada.

—He ido a nadar —le respondió, no queriendo dejarse intimidar, pensando que Raffaele estaba enfadado porque no veían las cosas de la misma manera.

—Y has estado trabajando. Eres una mujer muy ocupada.

—Me pagas para que trabaje —replicó ella.

—Lo mismo que otros.

—Ya sabes que tengo otros clientes.

—Pero yo te pago para tener tus servicios exclusivamente para mí.

A Lily no le gustó cómo sonaba aquello, se sintió incómoda. Sintió calor en el pecho y en la garganta. Deseó estar vestida y no envuelta en una toalla, con el pelo mojado sobre la espalda.

—Me dijiste que el trabajo estaba hecho. Y mis empleados me necesitaban...

—Te pago por tu tiempo, y punto. Te dije que mientras estuvieses aquí no podrías hacer nada más.

—Lo sé, pero...

—Pero nada, Lily —le contestó él, acercándose hasta invadir su espacio personal.

En otras circunstancias no le habría importado, pero en esos momentos la presencia de Raffaele le resultó amenazadora.

Levantó la barbilla.

—¿Cuál es el problema, Raffaele? Lo único que he hecho es responder a un par de correos y...

—¿Y qué? ¿Le has vendido un informe a mi rival?

—¿Qué has dicho?

—No te hagas la ingenua. He leído el correo. Estás

trabajando para De Laurentis. Le estás vendiendo información, ¿verdad?

Lily frunció el ceño. ¿Qué tenía que ver el proyecto de Tailandia con Raffaele?

–Terminé su informe hace semanas.

–Y ahora le estás mandando información interna. ¿Se te ha olvidado la cláusula de confidencialidad de tu contrato?

–¿Piensas que te he traicionado? –le preguntó sorprendida.

–Pienso que has compartido con mi rival información que yo te he dado: mis planes de arruinar a Bradshaw. Confiaba en ti.

–¿Y de verdad piensas que sería capaz de traicionar esa confianza? –volvió a preguntar ella, sintiéndose como si acabase de recibir una bofetada.

Tenía que haberse sentido furiosa, pero en esos momentos solo podía sentir dolor. Le dolía que Raffaele pensase mal de ella.

–¿Qué otra cosa quieres que piense?

–No he compartido ninguna información con él.

–¿Y esperas que te crea? Venga, confiesa.

A Lily se le llenaron los ojos de lágrimas al pensar que se había enamorado de aquel hombre que, en esos momentos, le hablaba de manera amenazadora.

Tragó saliva antes de contestar.

–Aunque a ti te parezca otra cosa, está hablando de otro proyecto. No tiene nada que ver con este. No obstante, teniendo en cuenta lo que había ocurrido entre nosotros, estaba a punto de escribirle para decirle que no puedo seguir trabajando para él.

–¿Y esperas que te crea?

Lily miró su rostro, que parecía esculpido en piedra, sus penetrantes ojos. No había ni rastro de ternura en ellos. Se preguntó qué habría sido para él, si una diversión, un cambio.

Pensó que le habría dolido menos que Raffaele le hubiese dicho que no era atractiva, pero, no, le había dado donde más le dolía, en lo único que se sentía segura y fuerte.

—No, no espero que me creas. Ya veo que tienes las cosas claras, te diga lo que te diga.

Lily puso los brazos en jarras. Mientras todos sus sueños se iban a pique, mientras todas sus esperanzas se desvanecían, si había aprendido algo en la vida era a ocultar el dolor.

—No hay nada más que decir, Raffaele. Dadas las circunstancias, supongo que no querrás que te de un preaviso antes de dimitir.

Silencio. Gesto inexpresivo.

¿Qué había esperado? ¿Que cambiase de idea? ¿Que se disculpase?

—Puedes dimitir mañana, después de que cierre este acuerdo. Solo me queda advertirte que, si le pasas más información a De Laurentis, mis abogados se encargarán de destruirte.

Ella asintió en silencio. No podía hablar. Utilizó la energía que le quedaba para mantenerse en pie.

Él se giró, miró el ordenador y fue hacia la puerta sin mirar atrás.

Era evidente que pretendía salir de su vida sin más. Como si Lily no significase nada para él.

—Me hablaste de tu pasado y tuve la sensación de que tú pensabas que lo que habías hecho para salir de la pobreza te hacía peor persona. Pero no es eso lo que te echa a perder, sino el hecho de no haber aprendido a confiar en nadie. Hasta que no lo hagas, estarás solo.

Tomó aire.

—Yo confiaba en ti, Raffaele. Y odio que hayas destrozado esa confianza. No obstante, pretendo ser más fuerte que tú. No voy a permitir que eso acabe conmigo. Voy a continuar con mi vida y no voy a mirar atrás.

Él se quedó inmóvil un instante, después abrió la puerta y salió a la luz del sol.

¿De verdad había esperado Lily que la escuchase?

Ella se quedó en el centro de la habitación, rígida, esperando.

Raffaele no volvió.

Cincuenta minutos después, ella estaba en una lancha, de camino a la isla de al lado. Y dos horas más tarde, volando, lejos de Raffaele.

Capítulo 15

AL MENOS estaba hecho. Bradshaw había firmado y Raffa era el socio mayoritario de la isla.

Tenía que haberse sentido exultante o, al menos, estar sonriendo con satisfacción, pero lo que sentía era una especie de anticlímax. Como si aquella victoria tan esperada no fuese lo que siempre había querido.

De hecho, casi estaba de vuelta en el complejo con Consuela cuando se dio cuenta que ni la justicia, ni la venganza podían devolverle a Gabriella. Seguía teniendo un vacío en el corazón.

–No te veo contento –le dijo esta.

Él se encogió de hombros y le hizo un gesto para que fuese delante de él por el camino.

–Tengo muchas cosas en la cabeza.

–¿Algo relacionado con Lily?

–¿Por qué me haces esa pregunta?

–Porque me he cruzado con ella en el aeropuerto.

Raffa se tropezó al oír aquello.

–¿Lily? –preguntó, si había estado con ella unas horas antes–. Debes de estar confundida.

Consuela dejó de andar y se giró.

–Era ella, aunque no me vio. Parecía...

–¿Qué?

–Digamos que si hubiese podido saltarme el control de seguridad habría ido a darle un abrazo –respondió Consuela con desaprobación.

–Pero si nuestro vuelo es mañana –añadió él, pensando que aquello no tenía sentido.

Se sentía vacío cuando tenía que haberse sentido contento por haberse deshecho de la mujer que lo había traicionado.

Salvo que se hubiese equivocado.

–Dime una cosa, Consuela. ¿Quién más se había interesado en este acuerdo? ¿Quién más rondaba a Bradshaw?

Esta le dio varios nombres que Raffa ya conocía.

–¿Alguien más? ¿De Laurentis?

–No, pero la que investigaba eso era Lily. Deberías preguntárle a ella. Lo que yo tengo entendido es que De Laurentis estaba detrás de algún complejo en Asia. En Tailandia, creo.

Raffa cerró los ojos y sintió que se le revolvía el estómago. Se preguntó si no se habría precipitado al dar por hecho que Lily lo había traicionado porque eso era más fácil que vivir con los sentimientos que aquella mujer despertaba en él.

–Raffa. ¿Estás bien?

Él abrió los ojos. La preocupación de Consuela no lo reconfortó.

Tuvo que hacer un esfuerzo para tomar aire y entonces admitió:

–He cometido el mayor error de mi vida.

Después de haber ido a visitar a su familia, Lily había decidido unirse a un grupo de mujeres de negocios que quedaban a desayunar y a intercambiar experiencias.

En realidad, habría preferido encerrase en casa, pero se había obligado a ir allí, y aquella mañana le había tocado presentarse y hablar de su trabajo.

La reunión acababa de terminar y Lily se estaba despidiendo cuando sintió un escalofrío y notó que se le aceleraba el pulso.

Se giró y miró hacia la salida.

Raffaele. Alto e imponente, mucho más guapo de lo que lo recordaba.

Le temblaron las rodillas y pensó que un par de meses no eran suficientes para olvidarse de él.

El resto de mujeres también lo estaban mirando, pero él tenía la mirada clavada en la suya.

Se detuvo a su lado y Raffaele clavó la vista en sus labios.

—Supongo que habrás venido a hablar conmigo —le dijo Lily en tono frío.

Él levantó la mirada, parecía distraído. Entonces asintió y le abrió la puerta para dejarla pasar.

—Has cambiado —comentó Raffa sin poder evitarlo, sorprendido.

La había visto subida al podio, hablando para el resto de la audiencia de su trabajo, pero no era eso lo que lo había sorprendido, ni tampoco su ropa: pantalones ajustados, tacones y un top de seda color ámbar. Deseó explorar su cuerpo con las manos, pero la mirada de Lily era fría.

—Por supuesto que he cambiado. Tú me has enseñado mucho y aprendo de mis errores.

Parecía una duquesa hablando con un vagabundo y eso le dolió. Le recordó sus orígenes y su pasado. Y, sobre todo, le recordó lo mal que la había tratado él.

¿Cómo había podido pensar que le daría una oportunidad?

—¿Raffaele? —lo llamó preocupada, rozando su mano un instante.

Y eso le dio esperanzas.

—Tenemos que hablar —le dijo él, apretando el paso para sacarla del edificio y haciéndole un gesto para que entrase en su coche.

Pero ella siguió andando, y unos metros después dijo:

—Aquí.

Era una cafetería, un lugar público. Él habría preferido que estuviesen a solas, pero lo tenía que aceptar.

La siguió al interior y ella dudó, pero al final se sentó en la mesa que había al fondo del local. Raffa la imitó.

Estuvieron en silencio hasta que les llevaron el café. Raffa dio un sorbo al suyo y apartó la taza.

—¿No está a la altura? —preguntó ella con desaprobación.

—No me apetece —respondió él—. Lo siento, Lily. Lo siento mucho.

Ella dejó caer parte del café, se manchó la mano.

Raffa tomó su mano para limpiársela con una servilleta.

—¡No! Estoy bien. No...

Lily dejó de hablar cuando Raffa se llevó la mano a los labios y cerró los ojos.

—Lo siento —repitió, con el pecho encogido del dolor—. No sabes cuánto. Te acusé de algo que habría tenido que saber que jamás serías capaz de hacer.

Nunca había sido un cobarde, pero en esos momentos tenía miedo, miedo a que Lily lo volviese a rechazar.

Ella tembló y Raffa no supo por qué. Su bella y fuerte Lily. Se sentía orgulloso de ella.

—¿Por qué sonríes?

—Porque eres todavía más bella de lo que recordaba.

Ella intentó apartar la mano, pero Raffa no se lo permitió.

—Déjame en paz. No te rías más de mí —le dijo ella, dolida.

—Sé que no me vas a creer después de cómo te trate —admitió Raffa, tragando saliva—, pero quiero que sepas que jamás me he reído de ti. Que nunca te he considerado una diversión. Nadie me había hecho sentir como tú.

Ella sacudió la cabeza.

—No sentiste nada. Me rechazaste. Si de verdad hubieses sentido algo por mí...

—Por supuesto que sentí. Mira cuánto —le dijo, tomando su mano y apoyándosela en el pecho—. Siento tanto que me muero de miedo de que me pidas que me marche antes de escucharme. O que me digas que no estás interesada.

—¿Interesada, en qué?

—En mí. En mi cuerpo y alma. En mi mente y en mi corazón —le confesó, viéndola temblar de nuevo—. Te quiero Lily.

Entonces vio sus ojos llenarse de lágrimas. Alargó la mano para tocarle la mejilla.

—No llores, Lily. Por favor —le rogó, sintiendo que le arrancaban el corazón.

—¿Y qué quieres que haga, después de lo que me has dicho?

—Quiero que me digas que sí. Que vas a estar conmigo —le pidió él, pasando un dedo por su labio inferior.

—No puedo pensar si me haces eso.

—Mejor.

—¿Cómo es posible que me quieras, si aquella mañana actuaste como si me odiases?

—Y me he arrepentido desde entonces. Ni siquiera pude concentrarme en el acuerdo con Bradshaw.

—Pero ¿por qué lo hiciste, si me querías...?

Raffa tomó su otra mano.

—Porque... tenía miedo. Nunca había querido a nadie salvo a mi madre y a mi hermana. Y contigo sentía... Me importas, Lily. Quiero que te des cuenta de lo especial que eres. Quiero que seas feliz.

Ella separó los labios, pero Raffa puso un dedo en ellos para que no hablase.

—Te conté cosas que no le había contado a nadie y supongo que eso fue lo que me hizo reaccionar de manera tan violenta cuando pensé que me habías traicionado. Era más fácil apartarte de mí que pedirte que me quisieras también —admitió—. Tenía miedo de que me rechazases.

Raffa le soltó las manos, se quedó sin palabras.

—¿Cuántas mujeres te han rechazado, Raffaele? —le preguntó ella en un susurro.

Él se puso a la defensiva al instante.

—Esas mujeres no cuentan. No me conocían ni me querían. Solo querían mi dinero o mi cuerpo. Aunque supongo que para ti sí que cuentan. ¿Por qué ibas a querer estar con un hombre qué...?

—No vayas por ahí, Raffaele. No me importa tu pasado.

—Entonces, ¿qué es lo que te importa?

—¿Por qué te has enamorado de mí?

—Porque eres una mujer generosa, bella, sexy, honesta, y porque quieres hacer de mí una mejor persona. Incluso me he replanteado mis planes con respecto al complejo por ti.

A ella le temblaron los labios.

—¿Cómo voy a resistirme, viéndote tan...?

—¿Enamorado? ¿Desesperado? ¿Dispuesto a cualquier cosa?

—Sincero —dijo ella—. Si de verdad sientes...

—Te quiero, Lily. Me empecé a enamorar de ti la noche que me sedujiste por teléfono, en la distancia.

Ella abrió mucho los ojos y esbozó una sonrisa.

—Y yo me empecé a enamorar de ti cuando, sentada en la terraza del tejado me escuchaste hablar de mis sueños. Me di cuenta de que me entendías.

Él se quedó sin aire.

—¿Has dicho que también estás enamorada de mí?

Ella asintió.

—Desde hace tiempo.

A él le dejó de latir el corazón, notó que le ardían los ojos.

—¿Raffaele? ¿Estás bien? —le preguntó Lily, tocándole la mejilla.

Él se aclaró la garganta.

—La verdad es que no lo sé. Nunca me había sentido así. Nunca había querido a nadie así.

Ella le dedicó la sonrisa más bonita que Raffa había visto en toda su vida.

—Yo tampoco.

Por primera vez en la vida, se había quedado sin palabras, pero no por mucho tiempo.

—No te merezco.

—Tonterías, eres lo mejor que me ha pasado nunca —le dijo ella.

Raffa sonrió. Nunca había sido tan feliz.

—¿Por qué no vamos a algún lugar en el que podamos estar solos?

—¿Por qué no?

Lily le dio la mano y él pensó que era el hombre más afortunado del mundo.

Epílogo

LILY pasó las manos por la falda de seda escarlata del vestido con cuello halter que llevaba puesto, a juego con las sandalias de tacón alto.

El conjunto le había parecido perfecto en la tienda del hotel, pero no pudo evitar tener dudas en esos momentos. Tal vez debería haber comprado algo más discreto.

−¡Lily!

Se giró y vio a Pete, de la oficina de Nueva York, levantando una copa desde la piscina.

−¡Menuda fiesta!

A su lado, Consuela, impresionante con un caftán azul y morado, charlaba con el jefe de camareros del complejo al que, como al resto de la plantilla, le habían dado el fin de semana libre.

Toda la isla era un carnaval. Los trabajos de renovación estaban terminados y el complejo abriría de nuevo las puertas a la semana siguiente, pero todos merecían disfrutar de una fiesta antes.

Lily se sentía muy orgullosa de lo que había hecho Raffaele.

Este había comprado el resto del complejo a Bradshaw y después había decidido que los trabajadores, que llevaban allí varias generaciones con sus familias, fuesen los propietarios mayoritarios. Había sido un gesto muy generoso que había hecho feliz a todo el mundo, incluido a Raffaele, que quiso redimirse así de su pasado.

A Lily lo único que le importaba era el futuro.

Se acercó a donde estaba él, en el restaurante, y todas sus dudas acerca del vestido se disiparon al darse cuenta de cómo la miraba.

Raffaele intentó abrazarla, pero ella retrocedió.

—Aquí no.

Él arqueó las cejas.

—¿Qué ocurre, mi amor?

—Quería preguntarte algo.

—Dime.

Lily había planeado cuidadosamente lo que le iba a decir, pero estaba tan nerviosa que no podía pensar.

—Quería saber si querrías casarte conmigo. Me gustaría estar contigo siempre, salvo que la idea del matrimonio te incomode...

—¡No! —respondió él, agarrándola por la cintura—. Si tú piensas que podría funcionar...

—Sé que va a funcionar.

—Entonces, está bien. Ya sabes que siempre confío en tu opinión para los proyectos importantes.

—¿Es eso un sí?

—¿Cómo te iba a dejar escapar ahora? Por supuesto que es un sí, quiero pasar toda mi vida contigo, *piccola istrice*.

—No soy tu pequeño puercoespín —protestó Lily en tono de broma.

—No, pero me encanta hacerte bajar la guardia —comentó él, acariciándole un pecho a través del vestido.

Lily suspiró.

–Me parece que va a ser un proyecto para toda la vida.

La sonrisa de Raffaele le cortó la respiración una vez más.

–Ese es el plan. Y nunca nada me ha apetecido tanto.

Bianca

Poseo tu empresa. Te poseo a ti.

Cada vez que Elle St. James miraba a aquel hombre que había considerado de su familia, se enfurecía. Apollo Savas había destruido la empresa de su padre de forma despiadada, pero ella aún mantenía el último pedazo.

Elle estaba decidida a detener a su hermanastro, que además de ser su peor enemigo también era su fantasía sexual. Aunque prohibido, su deseo era mutuo y dio lugar a una noche ilícita de placer que dejó a Elle con consecuencias para toda la vida.

Había quedado atada a Apollo para siempre. ¿Nueve meses sería tiempo suficiente para que Elle perdonara a ese griego avasallador?

FANTASÍA PROHIBIDA
MAISEY YATES

Acepte 2 de nuestras mejores novelas de amor GRATIS

¡Y reciba un regalo sorpresa!

Oferta especial de tiempo limitado

Rellene el cupón y envíelo a

Harlequin Reader Service®

3010 Walden Ave.

P.O. Box 1867

Buffalo, N.Y. 14240-1867

¡Sí! Por favor, envíenme 2 novelas de amor de Harlequin (1 Bianca® y 1 Deseo®) gratis, más el regalo sorpresa. Luego remítanme 4 novelas nuevas todos los meses, las cuales recibiré mucho antes de que aparezcan en librerías, y factúrenme al bajo precio de $3,24 cada una, más $0,25 por envío e impuesto de ventas, si corresponde*. Este es el precio total, y es un ahorro de casi el 20% sobre el precio de portada. !Una oferta excelente! Entiendo que el hecho de aceptar estos libros y el regalo no me obliga en forma alguna a la compra de libros adicionales. Y también que puedo devolver cualquier envío y cancelar en cualquier momento. Aún si decido no comprar ningún otro libro de Harlequin, los 2 libros gratis y el regalo sorpresa son míos para siempre.

416 LBN DU7N

Nombre y apellido	(Por favor, letra de molde)

Dirección	Apartamento No.

Ciudad	Estado	Zona postal

Esta oferta se limita a un pedido por hogar y no está disponible para los subscriptores actuales de Deseo® y Bianca®.

*Los términos y precios quedan sujetos a cambios sin aviso previo.

Impuestos de ventas aplican en N.Y.

SPN-03 ©2003 Harlequin Enterprises Limited

Deseo

GABE

En busca del placer

DAY LECLAIRE

A pesar de que una vez se escapó de su lado, Gabe Piretti no había olvidado la mente despierta ni el cuerpo estilizado de Catherine Haile. Estaba tramando cómo conseguir que volviera a formar parte de su vida, y de su cama, cuando ella le pidió ayuda para salvar su negocio. Gabe se aprovechó de su desesperación para conseguir lo que quería: a ella. Pero ¿qué pasaría cuando tuviera que elegir entre el trabajo y el placer de una mujer tan seductora?

Era rico, implacable y despiadado, pero ella conseguiría ablandarle el corazón

Bianca

**Él encontró algo mucho más dulce
que la venganza**

Carla Nardozzi, campeona de patinaje artístico, había perdido la virginidad con el aristócrata Javier Santino. Afectada por una tragedia familiar, se entregó a una apasionada noche de amor. Pero, a la mañana siguiente, se asustó y huyó a toda prisa.

Tres años después, las circunstancias la obligaron a pedirle ayuda. Javier, que no había olvidado lo sucedido, aprovechó la ocasión para vengarse de ella: si quería salvar su casa y su estilo de vida, tendría que convertirse en su amante.

MÁS DULCE QUE LA VENGANZA
MAYA BLAKE